ホラー作家八街七瀬の、伝奇小説事件簿

竹林七草

集英社文庫

目次

本文デザイン／西村弘美

ホラー作家 八街《やちまた》七瀬《ななせ》の、伝奇小説事件簿

Horror Writer Nanase Yachimata's Bizarre Novel Case Book

序

『うちの集落では、節分の晩には絶対に家の中に籠もっていなくちゃならない決まりなの。もし決まりを破って家の外を見たら、一つ目の鬼に攫《さら》われてしまう——昔から、そう言われているんだよ』

——なに、それ。

最初にその話を聞いたとき、私はあまりのばかばかしさに声を上げて笑ってしまった。

一つ目の鬼なんて、今どき子どもだって怖がりやしない。

そんなことを真面目な顔で話してくるから、私はこの集落の人間が大嫌いなのだ。

それにしても——遠くから聞こえてくる、このガラガラという音はなんだろうか。

普段よりも静寂な夜に響いているこの音のせいで、私はこんな深夜にもかかわらず目を覚ましてしまった。起きてから、そういえば今日が例の節分の晩だったと思い出し、自然と鼻から失笑が漏れた。

節分の晩だか何だか知らないけれども、家の外を見たぐらいで人が攫われるわけがない。ましてや攫いに来るのが鬼だとか、話が下らな過ぎて怒りすらこみ上げてくる。

こんなつまらない集落の、そんな下らない決まり事になんて何の価値もありはしない。

ちょうどいい。この妙な音の正体の確認がてらにこれから外を見て迷信なんていかに下らないかを証明し、明日はあの子を嘲笑《あざわら》ってやろう。

新しい仕事に慣れずぐっすり寝ている父と、妊娠してからやたらと気が立っている母に気づかれぬよう、私はこっそりと自分の部屋を出て二階の空き部屋に向かう。

空き部屋にあるベランダの戸を開けるとサンダルを突っかけ、そのまま外に出た。

やたらと、月の大きな夜だった。

息を吸い込むたび、冬の深い時期特有の静謐《せいひつ》で冷たい空気が肺の内側を刺してくる。たかが二階だが、引っ越し前に住んでいた都内と違って周りの景色が良く見えて、家のベランダからでも十分に集落を一望することができた。

空に浮かぶ皓々《こうこう》とした月と、月に照らされ陰影を深めて黒い塊と化した山と森。それから一〇〇戸程度のまばらな民家だけが、月明かりの世界でほんのりと彩りを抱いていた。

一瞬、幻想的な黒と白ばかりなコントラストの世界に見惚《みと》れてしまう。

だけど、どうしてこんな真夜中にわざわざ家の外にまで出てきたのかをすぐに思い出した私は、底意地悪く口角を吊《つ》り上げた。

「ほら、鬼なんかどこにもいやしない。集落の決まりだとか、馬鹿みたい」

外を見る前から用意していたその台詞《せりふ》を、白い息とともに誰もいない夜の世界に向けてこれみよがしに吐き出す。

しかし――それきりだった。

言葉を吐き終えるなり私は口を閉じることを忘れ、頬肉の内側をしばし冷たい夜気に晒《さら》す。それというのも私が発した言葉とは裏腹に、

集落の往来には、本当に鬼がいた。


この家から数百メートルほど離れた、集落を南北に貫く目抜き通り。そこに群れをなして歩く鬼たちがいたのだ。

斜めの月明かりを受けて自身の影を針金のように細く長く伸ばし、無数の鬼どもが家ほどもある大きな山車《だし》を牽《ひ》いて集落の中を練り歩く。

さらに異様なのは、その山車には車輪が一つしかなかったのだ。自立できそうにもない歪《いびつ》な山車を、無数の鬼たちが片側を支えて倒れないように牽き続ける。

私の目を覚ましたガラガラという音は、その車輪が立てている音だった。

そして山車の上には、女が一人乗っていた。

遠目でもわかる炎を連想させる鮮やかな朱色の着物を纏《まと》い、長い髪を後ろにばさりと垂らして夜空を見上げるような格好で、その女は山車の上に座っている。手は一本ぴん

と夜空に向けて伸びていて、その仕草はまるで月を掬《すく》おうとしているかのような幻想的な仕草に見えた。

まるで女王だ――と、そう思った。

山車に乗ったあの女は、鬼たちを従えてかしずかせた妖怪の女王だと、そう感じた。

あまりに非現実的過ぎる光景に我を失い啞然《あぜん》としていると、鬼たちの歩みが不意に止まった。

回っていない頭ながらも「どうしたのか」と思った直後、女王の山車を支えていた連中も含めて、全ての鬼がいっせいにこちらに顔を向ける。

瞬間、何十個もの血走った鬼の眼と、私の視線がかち合う。

同時に月を背にした鬼たちが全員、口端を上げてにぃと笑ったような、そんな気がした。

私の口からこぼれる白い息が湿り気を増す。膝がガクガクと震え、凍りついたベランダのすのこの上でサンダルが滑り、その場で尻餅をついた。

鬼たちが見ていたのは、私だった。

それに気がつくなり「ひぃ」という短い悲鳴が喉から勝手に漏れ出た。臀部《でんぶ》を通して伝わってきた鈍い痛みに少しだけ冷静さを取り戻すも、状況は何も変わらない。

夢でも幻でもなく鬼たちは依然として存在し、集落の目抜き通りからじっと私のことを見ていた。

――もし決まりを破って家の外を見たら、一つ目の鬼に攫われてしまう。

脳裏に蘇《よみがえ》る、嘲笑していたはずの同級生の台詞。

だけど今はもう、私はその言葉を少しも笑うことができなかった。

山車の上に乗った妖怪の女王の手首が、まるで私をあちら側に手招くかのごとく、くの字の形に曲がっていた。

一章　地味な文学少女と、ドSな美人作家

1

「なぁ……今から八街《やちまた》のこと〝七瀬《ななせ》〟って呼び捨てにしてもいいかな？」

俺がそう口にした途端、丸眼鏡の奥にある八街の目が大きく見開いた。

「……和泉《いずみ》君がそうしたいなら、勝手にそう呼んだらいいと思うよ」

校則の基準よりだいぶ長いスカートを膝の上でぎゅっと握り、八街がうつむいた。

恥ずかしがる彼女が座っているのは、いつもの窓際の席だ。八街は放課後となればいつもこの空き教室で読書をするか、もしくはノートＰＣとにらめっこして小説を書いているかのどちらかだった。

俺は物静かにじっと何かを考える、八街の真剣な横顔が大好きだった。

高校での三年にわたっての文芸部の活動時間中、大人しく本を読んでいた時間とこっそり八街の顔を盗み見ていた時間を比べたら、圧倒的に後者の方が長いと思う。

だから今日という卒業式の日、俺はこの日までずっと言えなかった八街への想《おも》いを口

にするつもりだった。

そのため俺はこの空き教室に、八街を呼び出したんだ。

「……お、俺のことも、和泉じゃなく〝大和《やまと》〟って、今日からは下の名前で呼んでくれないかな」

あらかじめ決めて練習しておいた台詞の通りに必死に口を動かす。俺の耳に聞こえるのは、壊れたかと思うほどに激しく脈打つ自分の心臓の音ばかりだ。

かなり痛い台詞を吐いている自覚はある。だけどもう止まらない、ここまで来たら中途半端では止められない。

「俺さ、八街とお互いに下の名前で呼び合う、そういう関係になりたいんだよ」

八街のトレードマークである太い三つ編みが、ビクリと大きく波打った。さっきからずっとうつむいているせいで、八街の表情はまるでわからない。

だけど言うべきことを口にした俺は、荒くなる息を無理やり抑え込みながら、八街の返事を待ち続ける。

――そして。

「それだけじゃ、わからないよ。もっと……ちゃんとはっきり、言葉にして」

面《おもて》は上げないままで、八街がぼそぼそとつぶやいた。

今度は俺がビクリと肩を震わせる番だった。精一杯の勇気を出して伝えたつもりなのに、今の言い方じゃわからないと八街は言う。

だとしたら、次に俺が口にすべき言葉は一つきりだ。

破裂しそうなほど激しく動く心臓に、動悸《どうき》とは違うチクリとした痛みが走った。

自分が臆病なのはわかっている。というよりも、もし俺がヘタレでなかったなら、とっくに八街に向かってその言葉を口にしていたはずだ。

椅子に座り、八街と同じくうつむいた俺は、やっぱり同じように腿《もも》の上に置いた手で学ランのズボンをぎゅっと握りしめた。

息を吸い過ぎて肺が痛い。渇き過ぎて喉も痛い。

それでも口の中に僅かに残っていた唾液を無理やり嚥下《えんげ》すると、

「……好き、なんだよ」

卒業式を終えたばかりの楽しそうな同級生たちの喧噪《けんそう》が、遠くから聞こえた。

――言った。言ってしまった。

本を読んでいる彼女の、原稿を書いている彼女の、その横顔をずっとこの教室で眺めながら、いつも喉元で飲み下していたその言葉を、俺はとうとう口にしてしまった。

秘めた想いを口にすれば楽になるとかよく言うけれど、実際にはそんなことはなく、今の俺は天地がひっくり返りそうなほど頭の中がぐわんぐわんと回っていた。

できるものなら今すぐ走って逃げたい。自分の部屋で布団を頭から引っ被《かぶ》りたい。

俺は握った拳の中がじっとりしてくるのを感じながらも、ただ八街の返事を待つ。

そして、髪の隙間から突き出た耳まで真っ赤にさせた八街は、

――うつむいたままの姿で、泣きだした。


声を殺した状態で、下を向いた八街の顔からポタポタと床の上に滴が垂れる。

瞬間、今まで火傷《やけど》をしそうなほどに熱くなっていた俺の全身が一気に冷めた。

告白をしたら――彼女に泣かれてしまった。

俺の告白が――彼女を泣かしてしまった。

その事実が、俺の心臓を鷲《わし》づかみにする。これまでの期待を孕《はら》んで高鳴る痛みとは別種の、まるで氷柱《つらら》が肺腑《はいふ》を貫いたような冷たい痛みが後悔とともに湧いてくる。

俺の高校生活最後の日が、後悔と恥に塗《まみ》れたものとなるのは構わない。

だけど八街の高校最後の思い出が、泣くような記憶で終わってしまうのはダメだ。

「あ、あのね。実は――」

その八街の声をかき消すように、俺は大声を張り上げた。

「おいおい、勘違いをするなよっ!!　今のは告白とか、そういう類いのもんじゃないからな！」

ずっと下を向いていた八街の顔が、がばりという勢いで上がる。

「——えっ!? 今のが告白じゃないって、それじゃいったい何だっていうの?」

「いや、ほら……名前で呼びたいっていうのはさ、俺たち二人だけの部で三年もいたのに、ずっと名字で呼び合ってただろ? なんだかさ、他人行儀で前から気になっていたんだよ。それで最後の最後ぐらいは——と、思ってな」

「最後の最後ぐらい? だったら、今の『好き』っていう言葉は?」

「それは、その………八街の書いた、作品に対してだよ」

八街の頬を伝っていた涙が、ピタリと止まった。

我ながら苦しい言い訳だとは思うが、でも嘘《うそ》ではない。俺は八街が好きだが、八街の書く小説も大好きだった。

「特にさ、二年の文化祭の時の部誌に載せたあの伝奇小説は最高だったよな。あの作品は、主人公がことさらいいんだよ。横暴で横柄ととれるかもしれないけど豪放磊落《らいらく》で、不思議なことが起きているのに基本はクールでロジカルで、でも性根は熱い。おまけになんでもかんでも器用にこなしてさ、ものすごく頼りになる。ホラー作家だから古くからの伝承にも詳しいっていう設定にも納得がいくし、俺はものすごく気に入っているんだよ、あの女性主人公がさ」

「なんで……どうして、こんなときにそんな話をするの? こんなタイミングで、あなたはそんなことを本気で言っているわけ？　ねぇ、大和」

八街からいきなり下の名前で呼ばれ、俺は不覚にもドキリとしてしまう。

俺だって、自分がどれだけトンチンカンなことを言っているのかはわかっている。さらにはどんなに美人だろうが、あの主人公みたいな性格の悪そうな女性とは決して付き合いたいなんて思わない。単に八街が書いた小説の登場人物で、あの作品の主人公が最も八街自身とかけ離れた性格をしていたから引き合いに出しただけのことだ。

そもそも俺が好きなタイプは八街みたいな真面目で控えめな性格の子であって、あんなドSの権化みたいな女性とは正反対だ。

——だけれども。

「あぁ、もちろんだよ。俺が好きだって言ったのは、あの小説の主人公のことに決まっているだろ。あんな人が実際に現実にいたら、間違いなく憧れちまうね」

——俺は、本当に情けない。情けなくてヘタレ過ぎて、ほとほと自分が嫌になる。

だけど惚《ほ》れた子の泣いているところなんて見たくない——そう思って、自分の気持ちに蓋をして口にしたのだが、

「…………そう、大和の気持ちはよくわかったわ」

眦《まなじり》で留まっていた涙が一粒、八街の目からこぼれてつぅーと頬《か》を伝った。

血が出そうなほどに前歯で唇を噛みしめ、眉間には深く皺《しわ》を寄せ、だけど絶えず上が

り続ける嗚咽《おえつ》だけは必死に堪《こら》え、八街が恨みがましい目で俺を睨《にら》む。

「や、八街……？」

あまりのことに舌がフリーズした俺の前で、怒りに歪《ゆが》んだ顔をさらに歪め、八街が背筋が寒くなりそうなほどの酷薄な笑みを浮かべる。

その顔を見て俺の脳裏に浮かんだのは、作者である八街とは正反対のはずの、あの性格が悪い女主人公が嘲笑う姿だった。

「今の言葉、絶対に一生覚えてなさいよねっ！」

そう口にするなり八街は椅子を転がし立ち上がると、脱兎《だっと》のごとく教室を飛び出した。

はっと気がついてから、俺も後を追うべく急いで廊下に出るが、なりふり構わず全力で走る彼女の背中はすぐに階段の向こうへと消えていってしまった。

俺は、その場にへなへなと座り込んでしまう。

内向的で奥ゆかしくて、人と話すのが少し苦手だけど笑うとものすごく可愛《かわい》くて、俺がずっとずっと憧れ続けていた生粋の文学少女。

こんなのが臆病で情けない俺の高校生活における恋の顚末《てんまつ》であり、そしてこれが俺の学生時代に見かけた八街七瀬の、最後の姿だった。

2

チンというやたらクラシカルなエレベーターの到着音で、俺はようやく我に返った。

ここに来たときは、いつもあの高校の卒業式の日の出来事を思い出してしまう。

今の俺は大学も卒業し、出版社に勤めて三年——あれから七年も経《た》っているのにだ。

それでも悶絶《もんぜつ》しそうなほど恥ずかしいあの日の記憶は、未《いま》だに俺の脳裏から消えていない。というか、むしろ最近はとある事情から思い出すことが逆に増えてさえいる。

——とにかく。

エレベーターを降りた俺は目的の部屋に向かって歩き出し、ガラス張りのルーフが開放感を醸した、屋上から地上まで巨大な吹き抜けのある内廊下へと出た。

ここは池袋駅から西武池袋線にて僅か一〇分、石神井《しゃくじい》公園駅の前に聳《そび》えるタワーマンションだ。会社から近い以外に何一つとして誇るところがない、俺の築四〇年1Kのボロアパートとは何もかもが雲泥の差だった。

ちなみに俺の服装は着古したダウンジャケットに、擦り切れかけたジーンズ。豪勢な意匠のこの廊下を歩いているとアウェイ感が半端なく、俺は目的の部屋の前まで着くと助けを求めるように即座にインターホンを押した。

すぐにインターホンのカメラの横にあるライトが灯《とも》り、次いでスピーカーからノイズの混じった女の声がする。

『いったいどこのどちら様かしら？』

さっきエントランスのオートロックを通るときに会話した上、今もカメラで俺の顔が見えているはずなのに……まったくもって、俺の担当作家様は底意地が悪い。

俺は舌打ちしそうになるのをぐっと堪え、不格好な愛想笑いをカメラに向けて返す。

「新作の打ち合わせで伺いました、八街先生の担当編集者である和泉大和です」

『あら、そう。でもそれにしては変ね。私が知っている大和は、私のことを八街先生なんて他人行儀な呼び方をしないはずなのだけれども』

「いやいや、編集者として作家には敬意を持て、というのが弊社のスタンスですからね。そろそろ一線をわきまえた、しっかりした呼び方にしていきませんと――」

『俺さ、八街とお互いに下の名前で呼び合う、そういう関係になりたいんだよっ!!』

突如として響き渡った大音声が廊下に木霊《こだま》し、俺はスピーカーの通話口をとっさに両手で押さえた。

「お、おい！　インターホン越しにその台詞を叫ぶのはやめろっ！」

『なによ、自分で言ったことを忘れていたみたいだからわざわざ教えてあげたのよ。人の親切は無下にするものじゃないわよ』

たまたま廊下を歩いていた主婦らしき女性が、何事かと目を丸くしてこっちを見ている。というか、このままだと管理会社にでも通報されかねない。

『まだ思い出せないのならもう一度叫んであげてもいいけど、どうする？』

「わかったよ、わかったっ！　呼ぶから、ちゃんと名前で呼ぶから！　とっととドアを開けて中に入れてくれ――七瀬っ!!」

失敗した過去の告白の台詞を公共の場で叫ばれる羞恥プレイに堪え切れず、俺はインターホンに向けて懇願する。途端にドアのオートロックが外れる音がして、俺は大慌てで玄関の中に転がり込んだ。

上がり框《かまち》に座って胸を撫《な》で下ろすと、さっきまでスピーカー越しに聞こえていた声が、今度はノイズの混じらない肉声でもって頭上から降ってくる。

「最初からちゃんとそう呼べばいいのよ。なにしろ私のことを名前で呼びたいというのは、大和の方からのお願いなんだからね。私としてはあなたの望みを叶《かな》えてあげてるだけなのよ」

高校のときには背の中ほどまであったカラスの濡《ぬ》れ羽色《ばいろ》の三つ編みは、今や肩口までのアッシュブラウンのセミロングとなり。

鼻からずり落ちそうなほど分厚く大きくて洒落《しゃれ》っ気の欠片《かけら》もなかった丸メガネ越しの目は、今やレーシックによってすっきりと涼やかに左右に伸び。

かつては人と向き合うとうつむきがちだった顔は、今はいつだって自信満々に正面を向いている。

そんな彼女の今日の服装は、女性らしさが引き立つ細身のケーブル柄のロングワンピースに、柄が洒落たやや薄手の黒のストッキング。

高校時代に俺が焦がれていたおっとりした文学少女の――これが、成れの果て。

清楚《せいそ》で純情で控えめで、いつだって守ってやりたくなるようだった当時の面影はもはやどこにも残ってはいない。

ただただ破天荒で、傍若無人で、傲岸不遜《ごうがんふそん》。

怖い物知らずに加えて、ドを三度重ねてもまだ足りないと感じるほどにSな性格をした、俺が担当する新進気鋭で話題の美人ホラー作家。

玄関の中にいたのは、俺の元同級生にして、同じ文芸部員だったかつての想い人。

八街七瀬――その人だった。

3

高校卒業後、俺が七瀬と再会したのはうちの編集部内の会議室でのことだった。

「あら、久しぶりじゃないの――大和」

入社して三ヶ月。ようやく研修を終え晴れて担当作家を持つことになった俺に紹介されたのが、先月に新人賞を獲《と》り今年デビューとなる七瀬だったのだ。

変わり過ぎた容姿に誰だかわからなかった――なんてことはなかった。

会議室の椅子に座ってコーヒーを啜《すす》る垢《あか》抜《ぬ》けた雰囲気の美人。服装も髪型も雰囲気も、記憶の中の七瀬とまるで別人だが、それでも俺が八街七瀬を見間違えるはずがない。

どうも事情を知った上で鉢合わせさせた編集長がニヤニヤしているのをよそに、新人作家とは思えない落ち着いた振る舞いの七瀬が俺に向かって微笑《ほほえ》む。

その瞬間、俺は本気でゾクリとしたのを覚えている。

あの卒業式の日、『絶対に一生覚えてなさいよねっ！』という言葉とともに浮かべていた、凄惨《せいさん》な迫力のあの笑みが俺の目の前にあったのだ。

その後、七瀬のデビュー作『怪楽』は見事にヒットしてシリーズ化。続く『怪感』『怪眠』と、『快』の字が『怪』と置き換わった『怪』シリーズは一躍レーベルの看板作品となり、七瀬もその名を世に知られる人気ホラー作家となる。

そして計七冊を数えた『怪』シリーズは先々月に堂々と完結。今日は税金対策として買ったらしい、七瀬の自宅であるこのタワーマンションに、新作の打ち合わせのため俺は呼び出されたというわけだ。

「まあ、せっかく来たのだからまずは座りなさい」

と、コーヒーの入ったマグカップを手に居間に戻ってきた七瀬が、柔らかそうなラグの上に置かれたソファーにすとんと腰を落とした。俺も七瀬に倣いローテーブルを挟んだ対面の丸椅子に腰掛け、手帳と愛用の赤インクを詰めた万年筆を取り出す。

「よし。それじゃさっそく新作の企画の件なんだけれどな——」

「あら、もう打ち合わせを始めるの？　大和っていつも真っ先に用件から入るわよね」

「いや、俺は打ち合わせのためにここに呼び出されたはずだが？」

「だからって、そんなに忙《せわ》しなく仕事の話を始める必要があるわけ？　あなたも編集者なら、これから考える企画が編集部と読者の両方に受け入れてもらえるかどうか、不安で夜も眠れなくなっている担当作家の緊張を、巧みな雑談でもって面白おかしく解きほぐしてあげたりするべきじゃないかしら」

「……不安で眠れないって、どう見ても俺よりも血色のいい顔してるじゃねぇか」

握った万年筆の頭で俺は鼻の頭を掻《か》く。まあ、言わんとすることはわかるが。

「わかったよ。それじゃ訊《き》くがな、その…………最近どうだ？」

「大和、ひょっとして私をバカにしている？」

途端にすっと左右に伸びた七瀬の目が細まり、眉間に皺が寄った。

「そんな風に睨むなよ。おまえとはこないだも電話で話をしたばかりだし、あらためて雑談と言われてもなあ……何をどう話せっていうんだよ」

何かを諦めたように、七瀬が盛大なため息を吐《つ》く。

「……もういいわ。あなたに気の利いたことを期待した私が間違ってた」

七瀬の言葉がグサリと心に刺さるも、俺はそれを無視して無理やり話を仕事の流れへと戻す。

「とりあえず——そうだ、企画の打ち合わせ前にこれを渡しておくぞ」

そう言って俺がカバンから取り出してローテーブルの上に置いたのは、編集部気付で届いた七瀬宛ての封書だった。

「あら、一通だけなの？」

「俺的には、一通来ただけでも御の字だと思うんだがな」

七瀬曰《いわ》く——「一度、本物の怪事件を取材して作品にしたいのよね」とのこと。

それで前作のあとがきに『本物の怪異に遭遇した人がいたら、是非取材させてください。ご連絡をお待ちしています』という募集を出していた。

俺としてはいかがなものかと思ったのだが「それで本物の怪異譚《たん》が来たら面白そうだから、別にいいんじゃない」という編集長の鶴の一声で、ご丁寧に編集部の連絡先まで添えられて出版されたわけだ。

かくして七瀬宛てに読者から届いた実話怪異譚の第一号が、これというわけだ。ちなみにこの御時世なのに、ＳＮＳやメールではなく封書の手紙だった。

折りたたまれた便箋を封筒から取り出し、七瀬が無言で読み始める。

ちなみに編集部に届いた作家宛ての手紙のため、俺も先に目は通してある。

手紙に書かれていたプロフィールを信じれば、この体験談を送ってくれたのはどうやら中学生の女子らしい。まだ親にスマホを買ってもらっていない中学生なら、確かに自前の通信環境がなく封書で送ってくるのもわかる話だ。

「――それで、どうだ？」

一通り読み終えた頃合いで、七瀬に訊《たず》ねてみる。

「正直……微妙ね」

「だよな」

率直過ぎる七瀬の意見に、思わず苦笑いを浮かべてしまった。

「『うちの集落では節分の晩は誰も外に出てはいけないのに、真夜中になるとどうしてか、ガラガラという集落中を練り廻《まわ》る車輪の音が聞こえてくるんです』

つまり、真夜中の集落中を車輪だけが独りでに走り回っている怪異と言いたいのでしょうけれども――まあこれだけだと、小説にするにはどうにも弱いわよね」

「確かにこのままこれを企画にしてもらっても、通せねぇな」

人の恨みつらみという負の感情が滲《にじ》むわけでもなく、わかりやすく怨霊が呪いを伝染させるわけでもない。はっきりいってホラー小説の題材としては微妙なところだ。

あの変わり者の編集長のことだから何が琴線に触れるかはわからないが、それでも今やうちのレーベルの稼ぎ頭である八街七瀬先生の新刊だ。

当然ながら七瀬のモチベーションは大事だが、それでも成算の低い勝負は新刊を楽しみにしてくれている読者のためにもさせたくはない。

「これに懲りたらアイデアを読者に頼るんじゃなく、売れそうな新作企画を地道に一から考えることだな。俺もちゃんと一緒にアイデア出しするからさ」

さっそくとばかりに手帳にメモしてきたアイデアを俺が口にしようとしたところ、便箋ではなく、なぜか封筒の方をまじまじと見ながら七瀬がつぶやいた。

「でもね、この怪異譚の場所がすごく気になるのよ……なんでよりにもよって、この話がこの場所から送られて来るのかしら」

送り主の住所なんて気にもしていなかった俺は「はぁ？」と、素っ頓狂な声を上げる。手にしていた封筒の裏面を上にしてローテーブルに置く。七瀬が指で示した場所に手書きで書かれていた住所は――滋賀県甲賀市。

「ホラーの素材としては微妙な話であっても、これが知った上で創作した話でないのならば、ひょっとしたらとんでもない秘密が隠されているかもしれないわよ」

手堅いホラー作品を書いて欲しい俺は、急に雲行きの変わった七瀬の口ぶりに戸惑う。細くしなやかな人差し指を形の良い唇に添えて僅かに瞑目《めいもく》してから、七瀬がきっぱりと言い放った。

「——いいわ。週末にかけて、この手紙の送り主に会いに行きましょう」

「本気かっ!?」

「ええ、もちろん本気よ」

「それにしたって、その手紙に書かれた謎の車輪の音がするという怪異が起きるのは、節分の晩なんだぞ。今年は二月三日だが、もう過ぎちまってるぞ」

——そう、俺がなによりもこの手紙が微妙だと感じた理由がこれだ。怪異が起きるという節分の晩は、もう過ぎてしまっていた。

消印の日付を見る限り手紙を書いたのは一月末だったのだろうが、それでも滋賀から東京まで普通便で郵送され、そこから社内のメール便を経由して俺のデスクにまで届いたのがまさに当日、二月三日の夕方のことだった。

その日のうちに開封して内容こそ確認したものの、何しろ今日の今日。じたばたしてもどうにもなろうはずもなく、とりあえず次回の打ち合わせのときでいいかと、手紙が届いた旨だけ七瀬にメールで伝えて、それで今日こうして手渡したわけだ。

「そうね、今日が二月六日だから節分はもう三日も過ぎているわね。それはまあ残念で

はあるけれども、でも今年の節分の夜も車輪の音がしたのかどうかも含め、この子から
もっと詳しい話を直接聞いてみたいわ」
「……あのなぁ、簡単に直接取材するとか言っているが、実話怪談ってのはあれはあれ
で創作怪談とまるで違う難しさがあるんだからな」
「当たり前でしょそんなこと、今さら大和に言われるまでもないわよ」
釈迦《しゃか》に説法、ホラー作家ににわか創作論——まあ、そこは今さら俺がとやかく言うま
でもないことなのだろうが。
「だったら、わかったよ。気の済むようにしたらいいさ、今なら締め切りもないしな。
今週末って言ったか？　まあ気をつけて行ってこい」
はい、これでこの話はおしまい。取材は取材、俺としてはやっとこ本題の新作の打ち
合わせに入れると思ったのだが、
「何を他人事《ひとごと》みたいに言っているわけ？　大和も一緒に行くのよ」
「……はぁ？」
手帳のペンを握ったまま、俺の思考が停止した。
「私が取材に行くのは次回作のためなのよ。その企画をとりまとめる担当編集が同行す
るのはスジでしょうよ。わかったら、週末に向けてちゃんと準備しておきなさい」
「待て待て！　百歩譲っておまえの取材に同行することがスジだとしても、俺だって担

当しているのはおまえだけじゃないんだぞ。行くのは今週末なんだろ、そんな急に言われたってまずスケジュールの都合がつくわけがな――」

そこまで言ってから、俺はふと思い出した。

そういえば……急に校閲さんの都合とやらで、今週末に責了予定だった原稿の戻しが週明けになっていたはずだ。それだけじゃなく毎週金曜日の定例企画会議も、今日になってなぜか俺だけ欠席でいいとメールが入っていた。

七瀬が眦を下げニヤニヤした目つきで、俺を生温かく見据えてくる。

「スケジュールとやらが、どうかしたのかしら？」

カバンから取り出したタブレットを慌てて操作する。社内サーバーとも繋《つな》がった俺のスケジューラーは、見事なまでにこの週末だけぽっかりと予定が空いていた。

思えば責了の件も編集会議の件も、俺に伝えてきたのはどちらも編集長だ。

先に七瀬と編集長の間で話はついているのだろう。もはや選択肢なんてなさそうな状況に、がくりと肩が落ちた。

「とりあえず宿の手配はよろしく頼むわよ。ちなみに温泉は必須だからね」

なんで怪異譚の聞き取り取材に温泉が必須なのか、訊き返す気力もない。

俺はあらためて封筒に書かれていた住所を見る。

東京から滋賀までの取材――どのみち先方とコンタクトをとってみてからの話だが、

距離的には一泊でもそれなりにきついスケジュールになるだろう。

「それと移動は車だからね。向こうに着いてから足がないと困るのは当然として、どうせならこっちから車で行きましょう」

「いや、何言ってんだ。東京から滋賀なんて普通は新幹線か、もしくは飛行機経由の距離だぞ。車とか、何時間かかると思ってるんだよ」

「私はそれでも問題ないわよ。どうせ助手席で寝ながら行くもの」

「……寝ながらとか、おまえ今は別に徹夜するような原稿もないよな」

そんな抗議の声を上げてみるも、うちのレーベルの看板作家様は鼻唄混じりでスマホを操作するばかりでそこから返事がない。人の苦労など気にもせず、たぶん現地の観光案内でも見ているのだろう。

その様を見て、自然とため息がこぼれた。

きっと高校時代の俺が惚れていた、あの奥ゆかしくていじらしかった八街七瀬は、この底意地の悪い魔女様に喰《く》われちまったのだろう。

いっそのことこいつの腹を裂いたら中から純真で純朴だったころの七瀬がひょっこり出てこねぇかな——なんて想像がよぎり、俺はもう一度大きなため息を吐いた。

4

反論は数多《あまた》あろうが、個人的に週末の括《くく》りと思いたい金曜日の早朝。

普段なら午後から編集部に出勤するところだが、俺は営業部とかけあいなんとか確保したセダンタイプの白い社有車で、七瀬の住むタワーマンション前に乗り付ける。

すると既に外で待っていた七瀬が俺を見つけ「お迎え、ごくろうさま」と偉そうなひと言とともに助手席へと乗り込んできた。今回の取材旅行は一泊の予定のため、互いの荷物はトランクを開けるまでもなく後部シートに納まった。

ちなみに時刻はまだ午前五時前。今日に備えて昨日は早めに仕事を上がっておこうと思っていたのだが、今月の新刊の表紙の色校直しが飛び込んできて、印刷所に色指定をしていたらなんだかんだ終電ぎりぎりとなっていた。

おかげで寝不足のため、車を発進させつつ欠伸《あくび》を嚙み殺していたら七瀬に睨まれた。

「……なによ、あんまり楽しくなさそうね。取材とはいえ、私との二人旅行よ。少しは浮かれてみたらどうなの」

「取材だからこそですよ、八街先生。仕事とプライベートの線引きはつけませんとね」

と、努めて冷静に返してみるものの——正直、内心ではかなりドギマギしていた。

そう、これは取材。つまりは俺も七瀬も作家と編集者として、ともに仕事なわけだ。

だからこそ俺はグレーのダウンジャケットに、デニムのパンツという普段通りのくたびれた仕事着なのに、しかし今日の七瀬はなんというか気合いの入り方が違った。

踝《くるぶし》までのキルトのロングスカートに合皮のショートブーツ。アウターに淡いピンクのステンカラーコートを羽織り、インナーは生地の滑らかさからしても高そうな白のタートルネックのニット。

たぶん今の七瀬と俺が並べば、どこかの読者モデルと貧乏な撮影アシスタントとでもいったような組み合わせに見えることだろう。

おまけに今日の七瀬はうっすらメイクまでしていて、美人度も普段の五割増し。そのためうっかり目を奪われてしまったら、俺を見据えていた七瀬とばっちり目が合ってしまった。

途端に勝ち誇ったように、七瀬が口元をニタリと歪ませた。

「なにが『取材だからこそです』よ、聞いて呆《あき》れるわね。仕事ならしっかり前見て運転なさい。——それと私のことはちゃんと七瀬と呼びなさいよね」

急に機嫌の良くなった七瀬が、鼻息荒くお決まりの文句を口にする。

言い返したくても言い返せない俺がむすりとしていると、ドヤ顔の七瀬からは鼻唄まで出始めた。

なんとなく負けたような気分のまま、しばし一般道を走ってから首都高速4号新宿線へと入る。向かうは東京からおおよそ五〇〇キロ離れた、滋賀県甲賀市。そこに七瀬に怪異体験の手紙をくれた、鳥元茜音《とりもとあかね》さんが住んでいる。

まだ中学二年である彼女は携帯電話の類いを持っていないようで、封筒に書かれていた固定電話の番号に取材申し入れの電話をしたところ、たまたま本人が出てくれた。

最初はどこの不審人物が電話をかけてきたのかと怪訝《けげん》そうだった茜音さんだが、俺が八街七瀬の担当編集者だと告げるや、その瞬間に電話口から歓声が上がった。

なんでも姉から七瀬のデビュー作を借りて読んでからの大ファンだそうで、それで先日のシリーズ完結巻のあとがきを読み、ひょっとして次の作品にアイデアを使ってもらえるんじゃないかと、勇気を出して自分の体験談を手紙にして送ってくれたらしい。

『茜音さんが書いてくれた怪異譚を八街先生が取材したいそうでして、できれば会って詳しい話を聞かせて欲しいんです』

そう切り出せば、茜音さんの喜びようから二つ返事だと思っていたのだが、意外にも少し躊躇《ちゅうちょ》されてから一つ条件を出された。

それは「会ってお話しするのは平日の夕方にしてください」というものだった。

とある山間《やまあい》の集落に住んでいる彼女は麓の中学校までバスで通っているらしく、その帰りがけに会いたいという。

こちらとしては集落まで出向いても構わないと伝えたのだが、親には東京から来る作家と会うことを知られたくないと、茜音さんは主張した。

中学生と会うのに保護者の同意がないのは、社会人である俺としては一抹の不安を感じるのでその旨をはっきり伝えたところ、今度は逆に「そこはバレないようにしますから、どうか八街先生に会わせてください！」と茜音さんから懇願された。

その熱意に押されつい了承してしまったが、今の七瀬の性格をよく知る身としては、はたして本当に良かったのかと少し疑問を感じる。

「……なによ、その目は。私に対して失礼なことを考えていたでしょ」

「まさかまさか、そんなことあるわけないだろ」

七瀬は雑誌の顔出しインタビューなども受けているため、ネットで検索すればすぐに素顔がわかる。おかげで美人作家なんて冠を頻繁につけられていて、憧れているファンも多い。だがインタビューはインタビュー。当然ながら記事は当たり障りなく編集がされるし、何よりも写真には唯我独尊な現在の七瀬の性格までは写らない。

読書人口が減り続けている昨今において、七瀬と会うことにより貴重な女子中学生読者が減らないことを、俺としては祈るばかりだった。

「それにしても、もう少しましな車は用意できなかったわけ？」

角が変色しているカーナビのモニターをいじりながら、七瀬がぼやく。

「あんまり我儘《わがまま》を言うなよ。これでも営業部に無理を通し、なんとかかんとか借りてきた車なんだぜ」

そうは言ったものの走行総距離は一〇万キロ超えのため、エンジン音はやたらとうるさいしサスの具合もよろしくない。七瀬の言い分もわからなくはなかった。

「別に社有車である必要なんてなかったでしょ。レンタカーという手だってあるし、いっそこれを機に自分の車を買うというのはどう？」

「あのなぁ、俺の週の平均労働時間を知っているか？　自分の車を買っても乗る暇なんかあるわけねぇだろ。それに今どき都内の一人暮らしで車は現実的じゃない。俺のアパートの近くで駐車場なんか借りたら、昼飯を食う余裕すらなくなっちまうわ」

「……甲斐性《かいしょう》なしねぇ。たかが車の一台や二台ぐらいで」

「勤続三年目の中堅出版社の社員と、今でもデビュー作が定期的に重版される人気作家様との収入を比べるなよ。そんなに言うなら、七瀬が買えばいいだろ」

「私は要らないわ。自分で買っても意味ないもの」

「なんでだよ、あのタワーマンションの部屋も税金対策で買ったものなんだろ？　だったら乗りたい車の一台や二台、ついでに買っておけばいいだろうが」

「私が乗りたいのは、常にこの席だからよ」

微妙に繋がっていない答えに俺があからさまに首を傾《かし》げると、七瀬がやや不機嫌そうな表情を浮かべてから目と口をともに閉じた。

慣れない社用車を運転する身としては、助手席が静かになってくれる分にはいっこうに構わないので、そのまま運転に集中する。

やがて東名高速に入った頃にはだいぶ日も昇り、ふと横を見れば傾けたシートに身体《からだ》を沈めたまま、こちらに顔を向ける姿勢で七瀬がすうすうと寝息をたてていた。

一区切りついて今は締め切りのない七瀬より、日々の激務をこなしている俺の方がよっぽど睡眠不足だと思うのだが、この無神経さはいかがなものだろう。

しかしそんな憤慨も最初のうちだけだ。運転の合間にちらりちらりと七瀬の寝顔を見ているうちに、俺はだんだんと不思議な気持ちになっていた。

——今、俺の運転する車の隣で寝ているのは、あの七瀬なのだ。

正直、今の七瀬を「好きか、嫌いか」と誰かに問われたら、俺はたぶん「嫌いじゃない」と答えるだろう。……俺だって、いろいろと複雑なんだよ。

けれども今は作家と編集者というビジネスパートナーでもあり、そこはしっかりと線を引いた関係を維持しなければならないと肝に銘じてもいる。

——だけど。

これはチャンスだ、寝ている七瀬相手にあの日に失敗した告白をやり直そう——そんな思いがふと脳裏をよぎる。あれは、俺にとっても後悔の塊だ。あの時の後悔を払拭したい、その思いは七瀬と再会をしたときから常に心のどこかで燻《くすぶ》っている。

――言ってしまえ。

できれば七瀬が起きたときにあの日のやり直しをして、それでちゃんと振られておけ。そうすれば全てすっきりする。俺も七瀬も、もう大人だ。言った直後はぎこちないかもしれないが、しばらくしたら普通に会話して仕事もできるようになるはずだ。

そんなことはわかっているのに、それでも二人きりの車内、俺の口はずっと閉じたままだった。予行演習をしようにも、寝ている七瀬にすら何も言えない。

何年経とうとも、やっぱり俺はヘタレで情けない男だ。

同じ文芸部のときもそうだったが、俺は大事なことを口にすることで、七瀬との関係が崩れてしまうことがどうやら未だに恐《こわ》いようだった。

正味、五時間。

そんな悶々とした想いを抱えて運転し続け、やがて東名高速から名神高速を経由して高速道路を下りたところで、七瀬がやっと目を覚ました。

組んだ両手を限界まで突き出して、猫のように伸びをしてからシートに沈んでいた身体を起こし窓から外を眺める。

「あら、まだ着いてないの？」

「起き抜けのひと言めがそれかよ。――今やっと高速を下りたところだ。待ち合わせの市街地まで、もう三〇分ってところだな」

「あら、そう」

「余裕をもって出てきたから、待ち合わせ時間まではまだ三時間ぐらいあるぜ。とりあえずどこかで昼を食べながら、適当に時間を――」

「それなら行きたいところがあるわ」

と、七瀬がナビをいじると、おそらく寝る前に登録していた住所が表示された。

「……どこだ、ここ」

「今日これから話を聞く鳥元茜音さんが住んでいる集落よ。時間があるならここに行きましょう」

「待て待て、彼女との待ち合わせ場所は麓の町の喫茶店だぞ。説明したように、集落の外で会いたいというのが彼女の希望だからな」

「別に集落の中で彼女と会うつもりはないわ。そうじゃなくて、これから取材する怪異譚の舞台を先に見ておきたいだけよ。誰も外に出てはいけない夜に聞こえてくる、集落の中を走り回る車輪の音――それがどんな場所を巡っているのか、知っているのと知らないのとでは話を聞く上でも大違いでしょ」

そう言われると、確かに理に適《かな》っているような気もする。しかし茜音さんと実際に電話で交渉して約束した俺としては、会わないにしてもなんとなく彼女を欺《あざむ》いているような気がして納得しがたい。

思わず「う〜ん」と唸《うな》って悩んでいると、

「相変わらずの優柔不断ね。そんなんだからいつも大事なことを最後まで言えないし、言い直す機会があってもいっさい活《い》かせないのよ。情けないわねぇ」

助手席から身を乗り出した七瀬に上目で睨まれ、思わずギョッとなってしまう。七瀬が寝ている間に考えていたことを、まるで見透かされたようだった。

「わ、わかったよ！　とにかくナビに表示されたこの集落に行けばいいんだな」

七瀬がフンと鼻を鳴らしてそっぽを向く。

「甲斐性もなければ、相変わらず意気地もない男よね、大和って」

「というかその言い草、俺がいったい何をしたっていうんだよ！」

なんだかなぁ……ここまでずっと運転していた俺を労《ねぎら》えとまでは言わないが、せめて寝る前ぐらいの機嫌を維持していてくれたら楽で助かるんだが。

「……あんたがいつまでも何も言わないし、何もしないからでしょ」

窓の外を見ながらぼそりとつぶやいた七瀬のその言葉は、生憎《あいにく》と俺の耳には届いていなかった。

5

ナビに従って常緑樹の茂る鬱蒼《うっそう》とした山道を進むこと約一時間。大きなダム湖がある峠を越えたところで目的地が見えてきた。

「思ったよりも大きな集落ね」

目を覚まして以降、なぜか妙にふて腐れている七瀬が助手席の窓に頬杖《ほおづえ》をつきながらぽつりとつぶやいた。

俺たちの眼下に広がっているのは、まるで人目から隠れるように山と山の間の盆地に作られた集落だった。

盆地の中央には一本の大きな川が流れていて、民家は川を挟んだ向こう側に寄り集まっている。運転しているので正確には数えられないが、おおよそ一〇〇軒ぐらいはあるだろうか。集落には目抜き通りらしきものもあって、遠目にも小さなガソリンスタンドや個人商店らしき建物が見えた。

いつもお世話になっている校閲さんには赤を入れられるかもしれないが、集落というより村と称したくなるような、そんな隠れ里風味な場所だ。

とりあえず道なりに、山間の方向へと車を走らせていく。

すると民家の寄り集まった側とは川を挟んで反対側に出た。しばし川と沿うように道を走ると、しばらくしてから目抜き通りとまっすぐ一本で繋がった橋が見えてきた。

辺りを見る限り、あの橋が集落への唯一の入り口だ。

とりあえず橋に向かってアクセルを踏み続けていると、脇腹に鋭い痛みが突然走り、俺は反射的にブレーキを踏んだ。

「いてぇな、何すんだよっ！」

痛みの原因は、七瀬が俺の脇腹を思いきりつねったせいだった。

「ちょっと停《と》まって欲しかったのよ」

「だったら口で言えっ！　事故ったらどうすんだ」

「だってしょうがないじゃない。大和のことがムカつくんだから」

何が「しょうがない」のかまったく理屈のわからない言葉を残し、相変わらず機嫌のよろしくない七瀬はシートベルトを外して一人で外に出る。

幸いというか、道の前後に車の影はない。見通しも悪くないため、俺はとりあえず道の端に車を停めるとエンジンを切り、慌てて七瀬の後を追った。

すると七瀬は橋の手前の、道のど真ん中で腕を組み頭上を見上げていた。

橋の左右に植えられた二本の大きな松の木。よく見ればその間にロープ――いや、藁《わら》で編んだ縄が渡されていて、七瀬の視線の先にとあるものが吊《つる》されていた。

「……なんだ、ありゃ」

「見てわからない？　草鞋よ」

そう、橋の上に吊されたそれは草鞋《わらじ》だったのだ。しかもとても人のサイズとは思えない、五〇センチはゆうにあろうという巨大な草鞋だ。

そいつが縄に吊されて、橋の上で垂れ下がり風で揺れていた。

「いや……さすがに草鞋っていうのは見ればわかるさ。そうじゃなくて、なんであんなものがあそこに吊されているのかって、そう訊いてんだよ」

「外からやってくる連中を脅しているのよ」

「……はい？」

「村の境界に巨大な履き物を置いて、外からやってこようとする悪いモノを牽制《けんせい》しているの。この向こう側にはこんな大きな草鞋を履くモノがいるぞ――ってね。こちらに来るのならこの草鞋の主に食われることも覚悟しろ、そう訴えて警告しているわけよ。

――これはね、そういう古い風習なの」

つい今しがたまで不機嫌だったはずの七瀬が、急に舌なめずりでもしそうな表情を浮かべる。

「それにしても一足じゃなくて、片側だけ吊されているとはね……これはいよいよ、本物かもしれないわよ」

何がどう本物なのかを言わぬまま、俺を置いてけぼりにして七瀬が車に戻る。

「ほら、ぐずぐずしてないでさっさと運転なさい」

人の腹をつねって運転を止めさせた奴《やつ》がなに言ってんだ——と文句の一つも返したいが、しかしそこはぐっと我慢して俺も運転席へと戻った。

「もう一度念を押しておくがな、俺たちがこれから茜音さんと会うってことは、この集落の人たちには内緒なんだからな」

「前向きに善処はするわ」

まったく信用ならない返答に不安を感じながらも、俺は集落と繋がる石橋に向けて再び車を発進させた。

——あの橋の向こうの集落には、独りでに真夜中の往来を走る車輪の怪異がある。

ふと手紙に書かれていた怪異譚の内容を、俺は思い出していた。

そしてその集落へと立ち入るための橋の上には、中に入るのであれば化け物に襲われることを覚悟しろと、客人を脅す草鞋が掲げられている。

どちらも単体なら一笑に付す話なのに、二つ並ぶと相互に補填《ほてん》して妙な不気味さを感じてしまい、掲げられた草鞋の下を潜《くぐ》るときにぶるりと身震いをしてしまった。

それでもなおアクセルは踏み続け、二〇メートル程度の長さの簡素な石橋を渡りきると、そこはもう集落の目抜き通りだった。

緩やかな登り坂に沿って木造の民家が建ち並び、ときおり雑貨屋や酒屋といった個人商店がこぢんまりと営業しているのを見かける。道路はアスファルト舗装ではなく昔ながらの石畳。電信柱にいたっては未だに木造で、往来に据えられた色褪《あ》せた郵便ポストも今や希有《けう》な丸型だった。

都心に住んでいるとなんとなくノスタルジーを感じさせられる光景だが、しかし俺の目も七瀬の目も、観光地めいた古い町並みにはほとんど向いていない。ではどこを見ているのかといったら、それは家々の軒先にずらりと吊されて並んでいる『御祭礼』と書かれた提灯《ちょうちん》だった。

「なぁ……ひょっとして、今日はこの集落のお祭りってことか？」

「さて、どうかしらね」

七瀬がフロントガラス越しに道の先を指さした。

そこにいたのは、軒に下がった提灯に手を伸ばしている初老の女性だった。

やっぱり祭りの用意をしているんじゃないかと思うも、「どうかしらね」と言った七瀬の意図をすぐに理解した。

背伸びをしていた女性が、既に吊ってあった提灯を外して足下に置く。同じようにいくつも地面には提灯が並んでいて、おそらく女性は祭りの準備ではなく祭りの後片付けをしているようだった。

わかってみればなんということもない話だが、しかし七瀬は小首を傾げる。

「それにしては、ちょっと妙なのよね」

「何がだよ?」

「わかんない? だって祭りよ、祭りの後始末なのよ。祭礼というのは普通は騒がしいものであり、終わってもしばらくの間は活気の残り香のようなものが漂っているものよ。でも今のこの集落には、騒乱する祭りの後の気配らしきものが微塵《みじん》もない」

言われてみれば、確かに七瀬の話もわからなくはない。祭りの直後にしては道は綺麗《きれい》過ぎるし、何よりも静か過ぎる気がした。見る限りでは提灯の片付けをしているのも一人きり、分担制なのかもしれないがそれにしても祭りの仕舞い支度をするにはあまりに少ない人数だ。

……なんとなくだが。

誰もが往来には出たがらず家に引き籠もっているような、そんな気配があった。

言葉にしがたい妙な感じを受けながらも坂道をゆっくり登っていると、道の先にいたその女性がふと俺の運転する車に気がついた。

女性の顔が途端に驚きの表情に変わって、手にしていた提灯がぽろりと落ちる。そして血相を変えたまま、おそらくは自宅であろう目抜き通り沿いの家の玄関に駆け込み、そのままピシャンと思いきり戸を閉めた。

「な、なんだ？」

これだけ奥深い山中の集落だ、そりゃ訪問者なんて珍しかろう。ナンバーを見ればこの辺りではなくて、東京から来た車だってこともわかる。余所者《よそもの》を警戒したのかもしれないが、それにしても今の反応は過剰な気がした。

まるで集落の外から来た人間に脅《おび》えて逃げたような、ただの通りすがりの俺たちを怖がったような、そんな風な表情と動きに見えたのだ。

「……なあ、今のどう思うよ、七瀬」

「何か後ろ暗いところでもあるんじゃないの」

「後ろ暗いこと？」

「例えば外から来た人間に見られると困るような、そんな秘密の何かよ」

まるで意味のわからない返答に、無言のまま俺の目が細まった。

「とりあえず、百聞は一見に如《し》かず。本当に今日が祭りの日なのか、それをあそこで確認してみましょうか」

七瀬が顎をしゃくって指した、まっすぐ延びた目抜き通りの先。大きく立派な石の鳥居と、集落を囲む山々でも特に険しく大きな山の中へと通じる、長い長い石段があった。

6

祭りと言えば、思い出す記憶がある。

それは俺の人生の中でただ一度きり、女子と二人で行った地元の夏祭りの思い出だ。

当時、高校三年だった俺は夏休み前から近隣で催されるいくつもの祭りの日程を調べ、その子の予備校のスケジュールも聞き出した。だけど肝心の誘う勇気が出ず、誘えたのは結局は夏休みの終わりも迫った最後の祭りの当日の朝だった。

『いいよ……私も今日は暇だから』

その返事を聞いたとき、電話中なのに快哉《かいさい》を叫びそうになったのを覚えている。

この日のために用意していた浴衣に袖を通し、俺は約束の一時間前に待ち合わせの神社の前へと出向く。道行く女性の多くは、色とりどりの浴衣姿だった。これからやってくる彼女は、大和撫子《やまとなでしこ》の鑑《かがみ》のような女性だ。この祭りに来ている誰よりも、きっと浴衣が似合うことだろう。

その様を想像して鼻の下を伸ばしていたら、時間に遅れてやってきた彼女の姿は普段通りの学校制服にいつもの三つ編みだった。

みんなが着飾っている中で、ひとり浮いた彼女の姿に俺が呆気《あっけ》にとられていると、

「あ、あのねっ！　制服姿なのには、ちゃんと理由があるの。浴衣はちゃんと用意してあったんだよ。というか、この日のために夏休み前に買っておいて——って、そうじゃなくて、とにかく制服じゃなきゃ外出しちゃダメな理由があったのっ!!」

潤んだ目で、彼女は必死に訴え続ける。

「家を出る前にはたと思い出しちゃって、それで気になって生徒手帳を見たらやっぱり書いてあったの——『長期休暇中に外出するさい、本校の生徒は学生証を携行し、必ず制服を着用すること』って」

「……はい？」

「私だってわかってるよっ！　こんな校則は大昔のもので、今どき先生だって気にしてないって。気にもされていないから、逆に修正だってされていないんだって。だけど書かれている以上は規則は規則なのっ！」

顔を真っ赤に声を荒らげた彼女が、制服のスカートの裾をぐっと握りしめた。

「……私さ、趣味といったら本を読むのと小説書くことぐらいで、引っ込み思案で臆病で特技もなくて、取り柄なんて真面目なことぐらいだもの。そんな私が、真面目ですらなくなったら何の特徴もなくなっちゃう。そんなの、和泉君だって——」

声を震わせて今にも涙をこぼしそうな彼女が、急に目を丸くして面を上げる。

ヘタレな俺が何を血迷ったのか、このときの俺の右手は彼女の頭をそっと撫でていたのだ。

「いつも思っていたけどさ、八街は制服姿が本当によく似合うよな」

……自分でも歯が浮きそうだと、その日の晩に身悶《みもだ》えするほど後悔した台詞だ。

それから彼女は下を向いたまま、しばらく口を利いてくれなかったのを覚えている。

一瞬、怒らせたのかと思ったけれどもそうじゃない。

それまで以上に真っ赤になった顔を隠すために、あえて下を向いていたのだと気がついたとき、俺は彼女の可愛さに往来で悶絶しかけた。

——誰よりも真面目で頑固で不器用で、本を読んで創作ばかりしては自分の世界に閉じこもりがちになっている、引っ込み思案な同じ文芸部に所属している同級生。

それが、俺が好きになった〝八街七瀬〟という女子だった。

だからこそ——、

「どうやらここのお社の名前は『御一人《おひとり》神社』というらしいわよ。御神体だと思われて崇《あが》められたりしないように注意しなさい。どうせ大和は、これまで彼女なんていたこともない〝お一人様〟なんでしょうからね」

——なんでこんな風になっちまったのかなぁ、と俺は心の中で嘆きため息を吐いた。

「……ちなみに『御一人』じゃなくて、『御一津』な。ちゃんと鳥居の額に『御一津《おひとつ》神社』って書いてあんだろ。仮にも作家なんだから、読み間違いには気をつけろよ」

俺をからかうためにあえて間違えているだけなので、七瀬からの返事はない。

その代わりというわけではないだろうが、鳥居を潜ってすぐのところに立てられたこの神社の由緒書きを見上げながら、七瀬は「う〜ん」と唸った。

「……やっぱり今日が祭りの日よね。それも例大祭の日になっている」

言われて俺も七瀬の横に立ち、由緒書きの立て札に目を向けた。

立て札にはこの神社の縁日が箇条書きで書かれているのだが、例大祭と書かれた日は確かに二月八日。つまり今日の日付が書かれていた。

「単にもう祭りが終わって、その片付けをしていたんじゃないのか？」

「その可能性がないとは断言はしないけれど、それでも例大祭よ。例大祭というのは、その神社の中で最も由緒が深く、一番重要な祀《まつ》りを指すの。家々に提灯を飾るような規模の祭りが、午前中だけで終わるというのはさすがに考えがたいわよ」

七瀬のデビューシリーズが評価された理由の一つに、その虚実入り混じった世界観がある。七瀬が構築する伝奇要素の詰まった設定は、実際にある古い因習や迷信、疑似科学なんかを元にして作られていることが多く、不思議なリアルさがあるのだ。

高校時代の部誌に載せていた作品もだいぶ伝奇ものが多かったが、作家となって再会したときにはその手の知識の量がとんでもないことになっていた。七瀬の深い伝奇的知識は、間違いなく今の作家〝八街七瀬〟の人気を支えている重要な要素だ。

ちなみに高校までは典型的なインドア派だったのに、いつのまにかダイビングのライセンスやいろんな車両の運転免許も取得していて、どんな大学生時代を送ってきたのか気になっているのだが、そこは何度訊いてもはぐらかされる。

本人曰く「それもこれも、大和があんなこと言ったせいでしょ！」と本気で怒りながら返してくるのだが、何かにつけて担当編集者のせいだといちゃもんをつけるのはやめにして欲しいものだ。

……ほんとうに、俺が何を言ったというのやら。

閑話休題。

造詣の深いこの手の得意ジャンルで七瀬が「考えがたい」と言っているからには、たぶんその通りなのだろう。とはいえ別に馴染《なじ》みなんてない、とある集落の中でのお祭りのことだ。俺としては別にどちらでもいいことだが。

「とにかく境内まで行ってみましょう」

と、七瀬が前方を見上げ、その目線を追った俺が「うげぇ」とつぶやいた。

そこには「御一津神社」とやらに通じる、長い長い石段の参道があった。

急勾配の斜面を削って作ったのであろうこの石段は、下からでは角度的にてっぺんが見えない。だがそれでも山一つの半ばまではまっすぐ延びているのは確実だった。

「……やっぱり、これを上るのか？」

「ここまで来たのだから、あたりまえでしょ」

ちなみに社有車はこの神社の駐車場に停めてある。もう少し上まで続く道もあるのかもしれないがこの先は完全な山道だ。土地鑑もない場所で立ち往生するかもしれないことを考えればやはり徒歩が無難だろう。

それはわかってはいても、この凶悪な石段を前にしては尻込みしてしまうのだが、七瀬はためらうことなくすたすたと上り始める。ヒール高めのブーツを履いた七瀬に率先されてしまっては致し方なく、俺はうんざりしながらもその後を追った。

「……なんでこう、あえて険しい場所に、神社なんか……作るのかねぇ」

上り始めて三〇秒、早くも息が上がり気味の俺がぼやき出すと、先を進む七瀬が振り向くことなく答えた。

「それはたぶん、この神社の主祭神が天之御影命《あめのみかげのみこと》だからよ」

「アメノミカ……なんだって？　あんまり聞かない名前の神様だな」

「そうね、全国的にみれば決して有名な神様ではないわね。でもここ近江《おうみ》の辺りでは名を馳《は》せた神様なのよ。今私たちがいる甲賀市の隣の野洲《やす》市に鎮座した、延喜式《えんぎしき》にも載った御上《みかみ》神社。その御上神社の御神体は、かの俵藤太《たわらとうだ》の百足《むかで》退治の伝説があり、そして近江富士とも呼ばれる有名な三上山《みかみやま》そのものなの。天之御影命というのは、その三上山に降臨した神様の名前よ」

まるで観光協会のような七瀬の説明に、思わず「へ〜」と声が漏れてしまった。

「ちなみに今向かっている御一津神社の来歴は、その御上神社の氏子がこの地を訪れたときに、あまりのこの土地の貧しさから御上の神を崇拝することを勧めたことにあるらしいわ。その願いを聞いて天之御影命はこの地の山に降り立ち、以降この辺の土地は実り豊かな土地となって栄えた——とか。

その山というのが、この石段のさらに先にある山なのでしょうね。神体である山を社から拝するのは、古墳時代からこの国の人間が行ってきた由緒正しい神を崇める作法よ」

七瀬の弁舌に重ねて感心するも、いかんせん俺の口から合いの手は出てこない。それというのも俺の肺は呼吸するのに忙し過ぎて、もはやそれどころではなかったからだ。

途中の踊り場に着いたところでとうとう足が止まり、俺は肩で息をしながら中腰の姿勢になって膝に手をついてしまう。

上を見上げればやっと最上段が見えてきたものの、まだまだ全体の半分というところだ。この長さをもう一回上るのかと思ったら急にくらくらして、その場で尻がすとんと地に落ちてしまった。

「情けないわねぇ、この程度の石段で」

先行していた七瀬が踊り場まで戻ってきて、へばった俺のことを見下ろしながら鼻で笑う。

どこぞのホラー作家様の原稿のおかげで、校了前は徹夜が続くから体がボロボロなんだよ——と、そう言い返してやりたいが、いかんせん俺の喉からはぜぇはぁという息しか出てこない。

このまま仰向《あおむ》けに倒れたい衝動をかろうじて堪え、両手を後ろにつき体重を預けていたら、ふとさっきの七瀬の話が気になってきた。

「……なあ、なんで御一津神社なんて名前なんだろうな」

呼吸が少し落ち着いたところで、思ったままの疑問を口にしてみた。

「なによ、急に」

「いや、なんとなく不思議に思ってな。さっきのおまえの話からしたら、ここはその有名な御上神社とやらの分社みたいなものなんだろ？　分社だったらよくある某《なにがし》稲荷《いなり》だとか、どこそこ八幡宮《はちまんぐう》とかそういう名前になる気もするんだが」

俺のその質問に七瀬は「ふむ」と興味深そうに唸って、思案しながら腕を組んだ。

「……そうねぇ、どうして〝御一津〟なんて名前なのか、推論で良ければ語れるわよ」

「マジか」

「さっき話した天之御影命は、その別名を天目一箇神《あめのまひとつのかみ》というの。というか知名度的なことで言えば、むしろ天目一箇神の別名が天之御影命と言い換えてもいいぐらいだわ。それでこの天目一箇神の特徴というのがね、その名前の通り片目であること——つまり目が一つなのよ」

俺は「あぁ」と声を出してうなずいた。

なるほど、一つ目の神様——だからこそ、御一津神社。

「それと来歴に書いてあったように、神様が降臨した場所が山であることも社名の由来に関係している可能性は高いわね。山に降りるということは、すなわち山の神様ということだもの」

「……山の神ってのも、一つに何か関係があるのか?」

「大ありよ。全国各地で語られる山の神の姿というのは、基本的に片目片足であることが多いの」

七瀬の話を聞く俺の脳裏に、この集落の入り口の橋の上に掲げられていたあの片方だけの巨大な草鞋が、浮かび上がった。

この草鞋の主に食われることも覚悟しろ——七瀬が語っていた、その草鞋の意味も鼓膜の内側で蘇る。

ここは一眼一足らしき神様を祀る神社、すなわち——「御一津神社」。

その出来過ぎた符牒《ふちょう》に、何とも言えない妙な薄ら寒さを感じてしまう。

「古社の神名は明治の神仏習合のときにだいぶ滅茶苦茶《めちゃくちゃ》になっているから、必ずしも由緒書きに記された神様が昔からその地で祀られていた神様とは限らない。だからこそ、貧しさから請い願って山に降りてもらった名も知れない片目片足の神様を、特徴が近しくてこの辺りでは名高い天之御影命の名前を借りてこの地の神様の御神名とした――案外にそんなところが真相かもしれないわね。

――さあ、もういいでしょ。いい加減に境内に行くわよ」

いつのまにか汗も引いていた俺にそう言い残し、七瀬が再び石段を上り始める。やむなく立ち上がって、俺も七瀬の後を追った。

すぐにまた足がガクガクし始めるも、そこはなんとか気合いで乗り切って最上段に据えられていた石の鳥居を潜る。すると、そこはもう広々とした境内だった。

斜面を切り崩したように山の中腹にいきなり平地が広がっていて、土の露出した地面の上には石段の延長線上に石畳が敷かれている。その終点、この先もっと険しくなる山を見上げて望める場所に、切妻《きりづま》型の屋根をした古く立派な木造の社が建っていた。

社の他にも平屋の社務所らしき建物や、土壁でできた倉まで境内にはあるが、しかし七瀬の目線が最初に向かったのは、境内の中央に建つ櫓《やぐら》らしきものだった。

「やっぱりね……」

あえて〝らしきもの〟と櫓を称したのは、それが飾り付けも垂れ幕もない、木材を縦に細長く組んだ骨組だけだったからだ。

「せっかく作った例大祭用の櫓を、解体している最中なのでしょうね」

七瀬に言わせれば、今日はこの社にとって最も大事な祭りの日であるらしい。しかしこうして境内にまでやってきても賑《にぎ》やかしい空気はまるで感じられない。確かに祭りを中止したという雰囲気がしっくりきていた。

「それにしても、誰も人がいないのはちょっと不思議ね」

解体中であろう櫓の近くには、大工仕事で使う工具類や上着なんかが置かれたままになっている。にもかかわらず境内には俺たち以外の人影はないので、たぶん解体作業の途中でどこかに移動でもしたのだろう。

「本当なら、ここの神職や氏子にでも話を聞きたいところなのだけれども」

「頼むから、あまり目立つことはするなよ」

俺と七瀬がこの集落に立ち寄った目的は、あくまでもこれから取材する怪異譚の下見だ。しかしその怪異譚を語ってくれる茜音さんは、七瀬と会うことを家族には秘密にしたいらしい。いくらそれなりの戸数とはいえ、それでも山間の集落だ。茜音さんの家がこの集落にある以上は、おそらく住人は全員が彼女や家族の知り合いだろう。一応は出版社の名前で動いている身として、取材対象者に迷惑をかけたくなかった。

拝殿に手を合わせてから、七瀬がそれなりの面積がある境内をぐるりと歩いて回り始める。金魚のフンよろしくそのあとを尾《つ》いて回っていると、煤《すす》けた白い土壁のやたら天井の高い倉の前で七瀬がぴたりと足を止めた。そのまま爪先立ちとなり、鉄製の観音扉に設けられた明かりとりの格子から中を覗《のぞ》き始めた。

「おいおい、勝手に宝物殿の中なんて覗いたらバチが当たるんじゃないのか」

「宝物殿？　――違うわよ。これは山倉《やまくら》よ」

「……山倉？」

「そうよ、中を見てごらんなさい」

七瀬が一歩下がって、格子の前の位置を俺に譲る。正直あまり乗り気ではないのだが「早くなさい」という声に押され、しぶしぶ俺も中を覗き込んだ。

明かりとりの窓を俺自身の頭で塞いでいることもあって、中はだいぶ薄暗い。だけど中に置かれたそれが何かは、シルエットから察することができた。

「これ、中にあるのは山車《だし》か？」

神社の境内の倉の中にあったのは、祭りのときに神輿《みこし》なんかと一緒によく市中を練り廻っている山車だった。

「そうね、山車という呼称が最も一般的だろうけれど、ここ近江地方ではこれを曳山《ひきやま》と呼ぶのよ。そして曳山をしまっておく倉のことを、山倉というの」

「……はぁ」

なんというか、この手のことに素人な俺としては基本どっちでもいいのだが、しかし俺と違って玄人な伝奇作家様はどうもこの曳山とやらがやたら気になるようだった。

「それにしてもこの曳山、なんだかおかしいのよね」

「……なにがだよ」

明かりとりの前に立っていた俺を押しのけ、七瀬がもう一度、山倉の中を覗き見る。

「曳山というのはね、その地域の象徴なの。祭りのときに曳いて廻って自分たちの町を喧伝《けんでん》し、周辺の町と豪華さを競い合う。ゆえに曳山の上には舞台を造り、人形なんかを用いた演《だ》し物を行いながら練り廻ったりするのよ。それが華美で優雅で盛大であるほど、その町とその地の氏神は周囲からの尊敬と羨望《せんぼう》を集める。それなのに、この曳山にはほとんど装飾もなければ、演し物をするための舞台もない」

言われてみれば、都内の祭りで見かける山車なんかには、車輪の上の舞台に人が乗って演奏したり踊ったりしていることが多い気もする。でもこの曳山には高欄で囲われたその舞台がなく、代わりにそこにあるのは人が腰掛けて寄りかかれる背もたれだった。

「あの背もたれ……たぶん、椅子だよな？」

「実のところ、私にもそう見えるのよね」

あらためてそう認識すると、倉の中のこれは山車でも曳山でもなく、まるで巨大な人力車のように見えてきた。

「ちなみにあの椅子がある、本来なら舞台があるべき上段部分を神座《かみざ》と呼ぶの。曳山にも山という字がついているように、山車というのは『神様の降りた山』を造形したものだという説があるわ。つまりそう解釈するとあの椅子は、神の降りる山を模した曳山のその神座に据えられた椅子、ということになる。そんな椅子に座るのは、はたして本当に人なのかしらね？」

曳山とは神様の降りた山を模したものであり、そしてここは山に降臨したという一眼一足の神様を祀る神社――七瀬の淡々とした語り口調も相まって、本当に片目片足の神様が拝殿の後ろの険しい山に潜んでいるような、そんな気がしてきていた。

「おまけに変なのは舞台だけじゃないと思う。影になって奥の方がよく見えないけれども、この曳山の右側がどうにも異様な形の気がするのよね」

暗い倉の中をさらに見通そうと、七瀬がべったり格子に張りついていると、

「誰だ、おまえらっ‼」

男の野太い大声が境内中に響き渡った。

慌てて振り向けば、鯉口《こいぐち》シャツに白い袢纏《はんてん》という祭り装束らしき格好をした線の細い初老の男性が、俺たちの背後に立っていた。

一瞬どこから現れたのかと驚くも、見上げるほどの石段を上って辿《たど》り着いたこの境内よりもさらに山の奥へと通じている道の入り口が、拝殿の裏手にあるのに気がついた。

そこから同じ服装をした男たちが、続々と境内に下りてくる。

山を下りてきた人数はあっという間に二〇人を超え、さらには一部の連中にいたっては小さな神輿を担いでいた。

やっぱり祭りの最中じゃないかと俺は思うも、なんとなくだが担ぐ神輿の雰囲気が俺の知るそれと違っていた。お祭りの神輿といえば屋根の上に飾り鳥を付けて金箔《きんぱく》なんかで装飾した豪華なイメージなのだが、この連中が担いだ神輿は屋根こそあるものの四本の柱の間に布を張っただけの、まるで人が乗るために作られた輿のように見えた。

……いや、御簾《みす》のような布で遮られて見えないだけで、ひょっとしたら本当に神輿の上に誰か乗っていたりするのかもしれない。

「おい！　迂闊《うかつ》に前に出てくるな、御神体を見られたら厄介《やっかい》だぞ」

怒鳴り声で最初に俺たちに誰何《すいか》をした、どことなく神経質そうな雰囲気のある男性が、神輿を担ぐ連中に下がるように指示を出す。

担ぎ棒を肩に乗せた一人が「すいません、院長先生」とつぶやくなり、神輿を担いだ連中が俺と七瀬から距離をとった。

それと入れ替わるように、がたいのいい中年から初老ぐらいまでの男たちが前に出てくる。そのまま俺と七瀬の視界から輿を隠す壁のように並んで立ち、親の敵を見つけたとでも言わんばかりの表情で睨んできた。

祭りの参加者というのはたいがい興奮状態だが、それでもこの剣幕は尋常じゃない。俺と七瀬は単に境内の中を見学していただけだ。それなのにいきなり大人数の男たちに絡まれてしまい、俺は血の気の引いた顔で額から汗を滲ませていたら――、

「失礼。見かけない顔ですが、お二人はどちら様ですかな？」

今にも噛みついてきそうな袢纏姿の男たちの後ろから、一人だけ立派な裃《かみしも》姿の老人がずいと一歩前に出てきた。

丁寧な口調でかつ口元に柔和な微笑をたたえているが、しかし目がいっさい笑っていない。むしろその眼光は異常なまでに鋭かった。

この場にいる誰よりも小さいその老人が前に出てくるなり、荒ぶっていた壮健な男どもが半歩引いて口を引き結ぶ。その様子から、この小柄な老人がこの集団のリーダーであることは容易に想像がついた。

とにかく老人からも誰何されて、俺はごくりと生唾を呑《の》む。

茜音さんとの約束のこともちらりと脳裏をよぎるが、しかしそれ以上に今の俺の頭の中を占めているのは背後に控えた七瀬のことだ。

俺と七瀬は、編集と作家だ。担当編集者である俺には、この興奮した男たちから七瀬が危害を受けないように守る義務がある――気がする。

正直ブルって今にも膝が震え出しそうになるがそれを堪え、七瀬をかばうべく一歩前

に出ようとしたところ——それより先に七瀬が俺の前に出て、深々と頭を下げていた。

「すいません。車で通りがかったら、こちらの集落でお祭りの準備をしているのが見えたもので……つい興味本位で立ち寄ってしまいました。もし何かお邪魔をしてしまったのであれば謝ります」

殊勝な態度をとる美人に、俺たちを問い詰めようとしていた男たちの毒気が僅かに和らぐ。

しかしそれは袢纏姿の連中だけで、裃姿の老人はよりいっそう鋭く目を細めた。

「ほぉ……ということは、お二人はご旅行かなにかですかな？」

「えぇ、東京から来ました。久しぶりにうちの人の休みがとれたので、どこか楽しそうなところまで、ぶらりと遠出してみようということになりまして」

と、七瀬がわざとらしく俺と腕を組んできて、意味深な表情で微笑みかけてくる。

いきなり〝うちの人〟なんて呼ばれて俺は目を白黒させそうになるが、そこはなんとか意図を察して「……はい、家内の言うとおりです」と棒読みで口にした。

東京から来たところ以外はまるっきりの嘘だが、それでも素性が知れればなんとなく安心するものなのだろう。取り囲んだ男たちの雰囲気がすーっと弛緩して、急に互いに言葉を交わしざわつき始める。

「なんだよ、御一津様の曳山を覗いているから、俺はてっきり——」

俺と七瀬の前で壁を作る男の一人がそんなことを口にした瞬間、

「黙らんかっ!!　馬鹿もんどもがっ！」

裃姿の老人が、山が震えそうなほどの一喝を男たちに浴びせた。

すぐさま周囲の男たちが沈黙し、背筋をしゃんと伸ばす。

裃纏姿の連中はどいつもこいつも屈強そうなのに、二回りも体格の小さなこの老人に、心底から怯《おび》えているようだった。

「とにかくご旅行であれば、こんな何もない集落になど寄るべきではありませんな。何しろ本日の祭りは中止となりましたので、せっかくの時間がもったいない。この集落からは早々に出ていかれるのがよいと思いますよ」

口調こそ丁寧だが、老人の口ぶりからはいっさい反論を挟ませる気のない、有無を言わせぬ迫力を感じた。

男たちをとりまとめるこの老人の様子がこれ以上変わらぬうちに、俺ははやばやと立ち去るべく七瀬の手をとろうとするが、

「えっ？　そうなんですかぁ？」

七瀬がわざとらしく驚いた顔をして、大仰な声を上げた。

「さきほど由緒書きを拝見しましたけど、今日はこちらの御一津神社における例大祭の日ですよね？　例大祭といえば一年を通して最も大事なお祭りです。それを中止だなん

て、なにかよっぽど理由がない限りはありえません」

瞬間、俺たちを取り囲む男たちから再び剣呑《けんのん》な雰囲気が立ち上り始めた。

要らぬことを言う口を塞ごうと伸ばした俺の手を躱《かわ》し、七瀬は上面ではニコニコした表情のままさらに先を続ける。

「しかも今日は二月八日、事八日《ことようか》とか事納めとも呼ばれる日です。事八日の晩には『山の神がやってくる』そんな伝承が残っている地域も多々あります。そしてこんな伝承がある事八日の今日は、三上山に降臨された天之御影命をご祭神とするこちらの御一津神社にもぴったりの縁日です。そんなとても重要そうなお祭りが、なんで中止なんてことになっているんですか？」

七瀬の言葉が続くに連れて、男たちの目がどんどんと険しく吊り上がっていく。

だが一方で、俺は取り巻く男たちの動揺も感じていた。怒り荒ぶりながらも、だけどこの神社の祭りのことを語る七瀬に怯えるような目の色をしてもいた。

放っておけばどこまでも続きそうな七瀬の語りを遮ったのは、袢姿の老人の豪快な笑い声だった。

「ははは——いやはや、驚いた！　お若いのにこれまた妙なことに詳しいのですな。おっしゃるように、今日は私が宮司を務める当社の大事な例大祭の日です。しかし先ほど申したように中止というのも本当のことでしてな。実は当社では例大祭の前の節分の晩に占《ふま》を執り行うのが慣例でして、今年はその結果が非常によろしい吉と出たのですよ。吉兆が出た年は例年の祭りを特別な秘祭に切り替えるのが決まりでして、つまりそういうわけで今年の例大祭は急遽《きゅうきょ》とりやめとなったわけです」

宮司と名乗る袢姿の老人の言葉に、男連中が目を丸くする。

例の神経質そうな男が「おい、その辺で……」と口にするが、老人はその男をギロリと睨《ね》めつけただけで黙らせ、再び口を開いた。

「それで秘祭と申しましたように、これから執り行われる大事な祭りは集落の外の人間には決して見せるわけにはいかんのです。ついてはお二人には早急に当社からお引き取り願いたいと思うのですが……どうでしょう、ご理解いただけますかな？」

老人が一歩前に足を踏み出すと、それが合図であったかのように袢纏姿の男たちも一歩前に出た。俺たちを取り囲む、いかつい男たちで作られた人の輪がぐっと縮み、力ずくでも首を縦に振らせようという気配がぷんぷん漂ってくる。

もうこうなったら七瀬を担いで走って逃げようと、俺が肚《はら》を決めた瞬間、

「はい、承知しました」

と、にこやかな笑顔で七瀬が返した。

「そういうご事情でしたら致し方ありませんね。私だって見せられないとおっしゃっているお祭りを、無理に見せてもらおうとするほど無粋じゃありません」

本心では絶対にそんなこと思っていないだろ——と呆れる俺をよそに、七瀬は「どうもお邪魔いたしました」と言い残して笑顔のままくるりと踵《きびす》を返し、境内から下りる石段に向かってすたすたと歩き出した。俺も慌ててその後を追う。

神社から去って行こうとする俺たちの背中に、男たちが刺すような視線を向けているのを振り向くまでもなく感じる。

「観光ならまっすぐ町へ向かうとよいですよ。特にこの集落の中の道はわかりにくい上に狭くて、危ないですからな——どうか道中、事故などにはお気をつけて」

なにかと勘繰りたくなるような宮司の台詞だが、七瀬は涼しい顔で再び頭を下げる。

「ご忠告、ありがとうございます。でも運転には自信がありますから、そんな心配はご無用ですよ！」

微妙に相手を煽《あお》っているような七瀬の返答に俺は冷や汗を浮かべ、一刻も早くここから立ち去るべく七瀬の背中を押すように石段を下り始めた。

急勾配の石段を危険を承知で駆けるように下り、途中の踊り場で振り向いて誰も追ってきていないことを確認すると、俺ははーぁと大きな安堵《あんど》の息を吐いた。

「よくも、あんな強面《こわもて》連中相手にやりとりするよ……おまえは怖いもの知らずかっ！」

「——事八日の晩というのはね、片目の化け物が外を徘徊《はいかい》する晩なのよ」

男たちに向けていた営業スマイルは既に消えていて、いつもの口調に戻った七瀬が、まったく噛み合わない言葉をぼそりとつぶやいた。

「はぁ？　おまえ、この期に及んでまだそんなこと言ってんのか」

一触即発で危機一髪だった状況をなんとかやり過ごせたと思っている俺は、ただただ七瀬の言動に苛《いら》つくばかりだが――、

「この神社の氏子らしい彼らの手前、さっきは『山の神がやってくる』なんてオブラートに包んであげたけど、でも事八日の晩にやってくるモノでメジャーなのは神様じゃない。事八日の晩に外を徘徊するのは、実のところ物怪《もののけ》や魑魅魍魎《ちみもうりょう》の類いなのよ。そしてその物怪たちには決まってある共通点が存在する。

事八日の晩にやってくるのは、どれもこれも片目なのよ」

「……片目の、物怪？」

――ここは片足のみの草鞋を橋の上に掲げた集落の、片目片足の山の神様を祀る神社だ。

「残念だわ。そんな化け物が徘徊する晩の、例大祭を中止してまで執り行う秘祭。ホラー作家としての勘が『これを取材して書けば絶対に面白いものになるぞ』って、訴えているんだけどね」

長く延びた階段の向こうにある御一津神社に後ろ髪を引かれつつ、なんとも残念そうに七瀬が目を細めた。

二章　大切な親友と、気の置ける友達

1

「はじめまして、八街七瀬です」

一口啜ったカフェオレのカップをソーサーに戻し、七瀬がいつもの三割増しの真面目な表情で名乗った。

四人掛けのボックス席にて、七瀬の対面に座った制服姿の少女は憧れの作家を前に上目でちらちらと見てから、ようやく意を決して面を上げる。

「あ、あのですね……私ずっと前から、八街先生のファンでした！　先生の作品がどれも大好きですっ!!」

やや噛み気味に、目も少し泳ぎ気味で、しかしそれでも懸命に七瀬に気持ちを伝えると、彼女の真摯な想いを受けた七瀬は眦を優しく下げて優雅に微笑んだ。

「ありがとう。私もあなたのような可愛いファンがいてくれて、本当に嬉《うれ》しいわ」

ズキューン――というオノマトペが少女の胸を貫く。七瀬をまっすぐ見つめる彼女の瞳がハートマークになっていないのが、むしろ不思議なほどだった。

なにはともあれ、これで彼女がいっそう七瀬のファンになったのは間違いない。サイン会を開けば、今後はどんなに遠くからでも駆け付けてくれそうな勢いだ。

担当編集者の俺としてはそれは非常に喜ばしいことだが、しかし女狐《めぎつね》の皮を被った七瀬が舌なめずりをする姿がどうにも俺の瞼《まぶた》の裏から離れず、はたしてこんな無垢《むく》そうな少女を七瀬なんぞに心酔させて本当に良かったのかと大変いたたまれなくもなった。

まぁ、閑話休題。

「僕は八街先生の担当編集者の和泉といいます。どうぞよろしく」

途中に立ち寄った集落でトラブルにあいかけたものの、それでも俺と七瀬は夕暮れ前には甲賀市の中心街にまで辿り着いていた。それから待ち合わせ場所の喫茶店にてしばし待機し、こうして怪異の体験談の手紙をくれた鳥元茜音さんと合流をした次第だ。

――のだが。

「それで……どちらが手紙をくれた鳥元茜音さんなのかな？」

苦笑交じりで問いかける俺の前には、同じ中学の制服を着た少女が二人座っていた。

当然ながら手紙をくれた鳥元茜音さんは一人。それなのに、やってきた女子中学生は二人組だったのだ。

「す、すいません……あの、私が鳥元茜音です」

やや申し訳なさそうにおずおずと手を挙げたのは、つい先ほど七瀬にファンだと告白して目をキラキラとさせていた少女の方だった。

肩までの黒髪を左右に分けて結び、大きな目で俺と七瀬を交互に見ながら、ときおり困ったように下を向く。いかにも純朴そうな雰囲気が漂っている少女だった。

そんな茜音さんが自分の隣に無言で座ったままの少女をちらりと見てから、慌てて紹介をする。

「えっと、こっちは私の親友の樋代美希《ひじろみき》っていいます」

茜音さんとのやりとりの間、ずっと不審そうな目で俺たちを観察していた少女——樋代美希がしぶしぶといった様子で頭を下げた。

「ご、ごめんなさい。美希ってば、ちょっと緊張しているんだと思います。八街先生と会えるのが嬉しくて、つい浮かれて美希に話したら、自分も前からのファンだからどうしても会いたいって言い出しまして……」

美希のふてぶてしい態度に面食らっているのは、むしろ俺たちよりも茜音さんのようだった。どうにか必死でフォローしようとするも、美希は仏頂面を隠そうともしない。

茜音さんが何度も美希の脇腹を肘でつついて批難するが、そんなものどこ吹く風とばかりに俺と七瀬を交互に睨めつけ平然と紅茶を啜っていた。

「……やっぱり友達を連れてきたら、いけませんでしたか？」

「いや、いけないなんていうことは別にないんだけれどもね……」

正直なところ、村の人間には知られたくないのでとわざわざ自分から平日の午後を指定してきたのに、それをうっかり友人に話してしまったというのは、もやもやするものを感じなくもない。だが俺と七瀬も茜音さんの集落へと勝手に赴き大事になる手前だったわけで、そこはお互いのためにも何も言わないのが吉だろう。

だから問題はそこではなく、茜音さんが連れてきたこの美希という子の態度だ。どう見たってこの子は、七瀬のファンなんかじゃない。むしろ逆で、俺と七瀬を嫌っているど目つきであからさまに主張していた。

おまけに茜音さんは美希のことを親友と言っていたが、俺の目にはとてもそうとは見えなかった。具体的に言えば、洒落っ気をあまり感じない素朴な雰囲気の茜音さんと一緒にいるには、この樋代美希という少女は少し垢抜け過ぎていた。

中学生なのに髪には軽くブリーチを入れ、整えた眉は左右ぴたりと角度が揃《そろ》っている。座っているから目立たないが茜音さんの足下は野暮ったい白いハイソックスなのに、美希のそれはくるぶしが見えるほどに短い紺のローソックスだ。

少し古い言葉だが、スクールカーストに照らせばこの二人は決して交わらないグループ同士に属しているような、そんな位置関係の組み合わせに思えるのだ。

だけどまあ人の交流なんて好きずきだから、本当に親友だろうとそれはそれで別に構わないのだが――問題は、この美希という子をどうするかだ。

確認のため、俺はちらりと七瀬に目配せをする。

俺と七瀬が都内から甲賀くんだりまでやってきたのは、ファンと交流をするためじゃない。聞き取り取材だ。どんな理由かは知らないが好意的でない相手が交じってくれば、取材がうまくいかなくなる可能性は十分にある。

だから美希にはこの場から退席願うかと、そういう意味を込めてのアイコンタクトだったのだが、七瀬はあえてそれを無視し茜音さんに向かって口を開いた。

「別に友達の一〇人や二〇人連れてきたって、私はまったく問題ないわよ。私の作品を読んでくれている読者の子であれば、一〇〇人であろうとも歓迎するわ」

親友の同席を許す七瀬のお墨付きに、茜音さんがぱっと顔を明るくする。

……まあ、これは七瀬の次回作のための取材だ。七瀬がいいと言うのなら、俺があえて反対する理由はない。

「美希さん、でいいのよね？　あなたも何か自分で体験した怪異譚だとか、もしくは不思議な出来事の話とかがあれば、私に教えてもらえると嬉しいわ」

そう言って、茜音さんを堕《お》とした営業スマイルを七瀬が再び浮かべるも、

「いい歳《とし》の大人が馬鹿みたい。怪異だとか、そんな実際にあるはずがないものを本当に信じているわけ？」

何が気に食わないのか、美希が七瀬を正面から睨みつける。顔を青くした茜音さんが「美希っ！」と強い語気で親友の名を叫ぶも、当の七瀬は涼しい顔のままだった。

「どうやら美希さんは、少し勘違いをしているようね。怪異というのは、別に理屈では説明ができない怪現象のことだとは限らないのよ」

これまでの柔和な表情とはまるで違う、普段の素が垣間見《かいまみ》える不敵な笑みを七瀬が浮かべる。

「例えば、中学生でも知っている『徒然草《つれづれぐさ》』にはこんな話が載っているわ。

——あるとき検非違使《けびいし》の下級役人が乗った車の牛が庁舎の中に逃げ、わざわざ長官の座る席の上で横たわった。それを目撃した人たちは、これは不吉な予兆の怪異に違いないと考え、陰陽師《おんみようじ》の元に牛を連れていきお祓《はら》いをしようとした。でも長官の父である大臣は『単に牛には分別がないから、どこでだって寝るのだ』と言って、牛を返してしまった。その後、特に不吉なことなども起きなかった。

作者の兼好《けんこう》法師は『怪しみを見て怪しまざる時は、怪しみかへりて破る』と、この話を評している。要は他人が怪しいことに遭遇して騒ごうとも、その事象を怪しいと感じない人からすれば、そんなものは怪異ではないということよ。だから怪異とは、観測する人間が決める事象のこと。真偽はともかくとして、それに遭遇した人が怪しくて異なることだと思いさえすれば、その段階でもうそれは怪異となってしまうの」

七瀬の説明を聞き終えた美希が、目を細めながら問いかける。

「……つまり本物の怪異なんて存在しないと、あなたはそう言いたいわけ？」

「人の話はちゃんと聞きなさい。私はそんなことはひと言も口にしていないわよ。怪異とは何か、その概念を語っただけ。確かに今の逸話のように、世の中の怪異のほとんどは勘違いや自然現象への認識不足から起きるものでしょうよ。

幽霊の正体見たり枯れ尾花《おばな》という言葉はあれども、枯れ尾花が全て幽霊に見えるわけではないように、幽霊もまたその正体が全て枯れ尾花だとは限らない。仮に百の怪異があってその全てが偽物だったとしても、百一つ目がそうとは誰にもわからない。だから一を見てその正体を見破った気になっても、全てが同じだと考えるのは愚か者の思考よ。

真に怪しきことも異なことも、きっとこの世のどこかには存在している——私はむしろそう信じているわ」

「……あなた、やっぱり馬鹿でしょ？　怪異なんてありえないものを信じているとか、頭おかしいんじゃないの」

「それを馬鹿というのなら、そう言ってもらってかまわないわ。でも私はね、ありえないモノもいると信じて楽しんだ方が、だんぜん世の中が面白くなると思うのよ」

挑発するように罵《ののし》っても余裕の微笑を崩さない七瀬に、美希が絶句する。

いくらこまっしゃくれていようとも、しょせんは中学生だ。こうもばっさり返されてしまっては、反論の言葉が出てこないのだろう。

ちなみにこの間、茜音さんは親友の暴走を申し訳ない気持ちで見ているのかと思いきや、途中から七瀬の弁舌の虜《とりこ》となっていた。どこか目をキラキラとさせながら、憧れの作家先生に尊敬の眼差《まなざ》しを送っている。

「……八街先生ってかっこよくて、どっかの小説の主人公みたいですよね」

ひとしきり語り終えてすまし顔でカップを啜っていた七瀬が、カフェオレを噴き出しそうな勢いでいきなりむせた。

急にどうしたと驚く俺だが、七瀬はそっぽを向いて咳《せ》き込みながら、人の脇腹を肘で強めにつついてくる。

いいから話を進めて、という意図だと気がついた俺はスティック状のICレコーダーをカバンから取り出すと、テーブルの上に置いて録音ボタンを押した。

「——とりあえず、あまり遅くなると君たちの親御さんも心配するだろうから、そろそろ始めさせてもらってもいいかな」

「あ、はい」

俺は咳払《せきばら》いを一つしてから、姿勢を正した茜音さんに向けて事前の説明をする。

「まず今回の取材の件に関しては、基本的に秘密にすること。今後、作品に使うかどうかは話を聞いた後で八街先生が判断するけれども、もし取材を受けたことやその話の内容がSNSで拡散されたら、それだけでもう発売前のネタバレになっちゃうからね。未成年の君たちに家族にまで秘密にしろとは言わないけれど、でもできる限り口外は避けて、絶対にネットに上げたりしないで欲しい」

茜音さんが「わかりました」とつぶやき、大きくうなずく。

対して隣の美希は、よほどさっきの七瀬とのやりとりが悔しかったのか、俺の話になんて耳を貸さずに爪を噛んでいた。

俺としては茜音さんだけではなく同席している美希に向けても言っているわけでだいぶ心配だが、とりあえず話の先を続ける。

「それと金銭での謝礼は出せないけれど、後から八街先生のサイン本を郵送で送ります。取材した話が本になったらそれにサインをしてもらうけれど、仮に使われなかった場合でも御礼に次の新刊のサイン本を送るので、それで了解してください」

もし自分の話を使ってもらえれば、それが本になった上にサインまでもらえるのだ。七瀬のファンである茜音さんは、興奮したようにふんと強く鼻息を噴いていた。

「それじゃ、茜音さん。送ってくれた手紙の内容をより詳しく、今から八街先生に語ってくれるかな?」

手を差し出す仕草で俺は話を促すも、しかし逆に茜音さんは口を引き結んだ。

いざ話すという段になって急に緊張したのかなと思いきや、キョロキョロと周囲を見渡し喫茶店内の人影を確認している。

「どうしたんだい？」

「すみません。これからお話しするのは、絶対に集落に住む人以外には話してはいけない、と親と姉から言われ続けていた内容なのでちょっとだけ周りが気になって」

それは最初から聞いていた話だ。だからこそ集落から距離のある市街地の喫茶店で待ち合わせたわけだが、それでもなお気にかけるとは、よっぽど言いつけが厳しかったりするのだろうか。

「もし人がいて話しにくいんだったら、僕と八街先生はいったん席を離れて録音だけにしようか？」

「い、いえ！　大丈夫です。実は私、節分の晩に聞こえてくるあの音が子どもの頃からずっと気になっていたんです。あの体験を人に聞いてもらえた上に、それがもし八街先生の小説を書く参考にしてもらえるのならすごく嬉しいです」

どうやら、本人としては微妙な葛藤があるらしい。まあ聞いてもらいたい、というのであれば無理に止めるまでもないことだが。

「ちなみに隣の美希さんは、その秘密の話とやらを聞いても大丈夫なのかしら？」

七瀬から名前を出された美希が、無言のまま眉間に皺を寄せた。

「ええ、美希は大丈夫です。半年前にうちの集落に引っ越してきた、立派な集落の住人ですから」

引っ越しという単語が出た途端、美希が不快そうに片眉を吊り上げた。何を考えているのかよくわからないが、邪魔さえしてくれなければどうでもいい。

茜音さんはICレコーダーの録音ボタンが赤く点滅しているのをしばし見つめてから、意を決したようにおずおずと話し始めた。

――しかしながら素人の、それも中学生の語りだ。うまくまとまるように途中でフォローを入れて補足し、それで前後を整理すればこうなる。

『自分の生まれ育った集落には、昔から変わった風習があるんです。

それは二月三日の節分の晩には絶対に家の外に出てはいけないというもので、節分の夜は窓から外を見ただけでも良くないことが起きると言われています。

物心つく前から親にそう言われ続けてきたせいで、私は節分っていうのはそういう怖い風習なんだと思っていて、毎年二月三日の夜がくると頭から布団を被って早々に寝てやり過ごしていました。

ですが麓にある学校にバスで通うようになって集落の外のことも知るようになると、節分は世間一般では豆まきをして鬼を追い出す行事の日だと知り、それからは節分の晩もこっそり夜更かしするようになりまして、それである年に気がついたんです。

節分の夜には、家の外から木の車輪が走るようなガラガラという音がする、って。

それはとてもおかしなことなんです。

だって私たちの集落では節分の晩には絶対に外に出てはいけないし、外を見ることすら許されないんですから。それは親や周りの家の人の行動を聞いても明らかでした。

だから節分の晩には決して誰も外にいないのに、それでも走り回る車輪の音は一晩中聞こえてくるんです。

だから去年の節分の翌日、私は勇気を出して姉と両親に聞いてみたんです。

「節分の夜に聞こえてくる、あの車輪の音ってなんだろうね？」

だけど返ってきた答えを聞いて、私は訊ねたことを後悔しました。

「何を言っているの？　車輪の音なんかしていないわよ」

姉も両親も口を揃えて、そう言ったんです。

つまりあの集落の中を走り回る車輪の音は、毎年私にだけ聞こえていた音なんです。

そして今年の節分の夜も、私にははっきりと車輪の音が聞こえました。

ガラガラ、ガラガラ――と。

重いものでも載せているのかときおりギィと軋《きし》み、真夜中の集落の表通りの辺りを、その車輪は今年も走り回っていたんです』

一通りの話を終えた茜音さんが、大きく深呼吸をする。

手紙を読んだときから思っていたが、あらためて感じる。やっぱり怖いというよりも、どちらかと言えば不思議な話だ。

口で語ってもらった分だけ手紙よりもディテールは増しているし、手紙にはなかった家族に聞いても「車輪の音なんかしていない」と言われるくだりは、言い知れない不気味さが滲んではいる。

確かに面白い部分はあるけれど、それでもエンタメとしてのホラー向きじゃない。そりゃ短編ぐらいには仕立てあげられるかもしれないが、今のところは文庫書き下ろしをメインに執筆している七瀬に読者が求めているのは、もっとわかりやすくて娯楽性の強いホラー長編だ。

さてどうコメントしてあげたものかと、俺が思案をしていると、先に顎に手を添えた姿勢の七瀬が口を開いた。

「一つ、教えてもらえるかしら？　茜音さんの集落では『節分の夜は窓から外を見ただけでも良くないことが起きる』という話だったけど、その良くないことというのが何なのか具体的に伝わっていたりはしないの？」

「あ……いえ、伝わっています。小さいときに姉から何度も聞かされたので、はっきり覚えています。『節分の晩に家の外を見ると、一つ目の鬼が攫いに来る』って、そう言い伝わってるそうです」

瞬間、俺は少しだけ息を呑んだ。

彼女の住んでいる集落は、昼間に訪れたあの御一津神社のある集落だ。

その集落の中で伝えられている一つ目の鬼——またしても、一つだ。

七瀬がなんとも悩ましげなため息をこぼし、急に瞑目して思案し始めた。

「……すみません。こんな話じゃたいして面白くなかったですよね。やっぱり勇気を出して、車輪の音が聞こえたときに家の外を見ればよかったでしょうか？」

七瀬を退屈させたと勘違いした茜音さんが不安げに口を開くも、

「いいえ、それはやめて正解よ。だってその車輪の音の正体を見ていたら、あなた攫われた上に今頃は殺されていたかもしれないもの」

片目だけを開けて口を開いた七瀬の言葉に、場が一瞬で凍りつく。

茜音さんは想像もしていなかった七瀬の回答にきょとんとした顔で固まり、美希は美希で不機嫌そうな表情のまま驚き目を見開いていた。

「……な、なにをいきなり言い出すんだよ、おまえは」

人前であることも失念し、つい二人きりのときと同じ口調で七瀬に食ってかかってしまう。

だが当の七瀬はそんな周りの反応は無視して、淡々と話を先に進めた。

「ねぇ、茜音さん。あなたは『夜行さん《やぎょう》』って知っているかしら？」

未だ驚きが抜けない茜音さんが、七瀬の言葉に首を左右に振る。

「そう。だったら簡単に説明するけれども、夜行さんというのは主に徳島に伝わっている民間伝承の一つで、まあいわゆる〝妖怪〟というやつね」

「妖怪……ですか」

「ええ、妖怪よ」

これまた唐突に何を言い出すのかと困惑する俺たちとは対照的に、七瀬は涼しい顔でもってカフェオレを啜り、舌を湿らせてから再び口を開いた。

「夜行さんの正体は片目の鬼とも武者の亡霊とも様々な姿で語られているけれど、どの伝承でも必ず共通しているのは馬の足音を響かせることなの。そして馬の足音が気になって姿を見てしまった者は、首のない馬により蹴り殺されてしまうと伝わっているわ。

だからこの夜行さんが現れる晩を夜行日《やぎょうび》と呼び、とある地方の村では家の外に出ることを戒める。それでこの夜行日と呼ばれる日が具体的にどういった日を指すのかというとね、大晦日《おおみそか》と正月と庚申日《こうしんび》の夜、それから――節分の晩なのよ」

茜音さんの目が、飛び出さんばかりに丸くなった。

家の外に出ることを戒められた節分の晩に、出くわせば人を蹴り殺すという妖怪――なんとなくだが七瀬が言いたいことを理解し、俺もまた生唾を呑む。

「そ……そんなの、おかしいわよっ！」

そう叫んだのは、美希だった。

これまでも不機嫌そうではあったが、何をどうしたのか急にギリギリと奥歯を鳴らし、今まで以上に鋭い目つきで七瀬を睨んでいた。

「おかしい？　それはどうしてかしら」

「だって、その夜行さんってのを見たら蹴り殺されるのよね？　それなら見た人間はみんな死んでいるはずだから、首のない馬の姿だとかそんなの誰にもわかるわけないじゃない。馬鹿みたい、こんな下らない話は聞くだけ無駄よ！」

学校怪談なんかではよくある矛盾を、なぜか必死になって美希が捲《まく》したてる。

そんな美希を、七瀬が鼻で笑って一蹴した。

「あら、そんなこと。別に少しもおかしいことなんてないわよ」

「なんでよ！　見た人間が死ぬんだから、どう考えてもおかしいでしょ！」

「いいえ、そうとも限らない。夜行さんというのは見て確認するまでもない存在――つまりその地の人間からすれば、見るまでもなく誰もがはなからその姿を知っているモノ、という可能性があるわ」

「はぁ？　何を言っているのか、意味わかんないんだけど」

「そもそもね、夜行さんという妖怪の実体は姿形にあるわけじゃない。誰も外に出て見ることができないという縛りのある妖怪である以上、夜行さんとは音の怪異なのよ。誰もが家の外を見ることを戒められた晩に、村の中を徘徊する馬の足音。その姿を見てしまったらそれだけで殺されることを知っているからこそ、決してそれを見てはいけないと脅して言い伝えた——そういう馬の足音の怪異が夜行さんなの」

　そこまで七瀬が語ったところで、じっと真剣な眼差しで聞いていた茜音さんが申し訳なさそうに小さく手を挙げた。

「あのぉ、八街先生……確かにその夜行さんというのが、私の体験と似通った妖怪だというのはわかりました。でも私が聞いたのは馬の足音じゃなくて車輪の音です。うちの集落では、夜行さんなんて妖怪の名前は聞いたこともありませんし」

「そ、そうよっ！　ほら、やっぱり変じゃないの」

　茜音さんの言い分の尻馬に乗って、水を得た魚のごとく美希が喚《わめ》く。

　だが茜音さんのその言い分を待っていたと言わんばかりに、七瀬は自分の上唇をぺろりと舐《な》めた。

「もちろんわかっているわ。茜音さんが毎年節分の晩に遭遇するという怪異の正体は決して夜行さんではない。けれども夜行さんと同じ、音は聞こゆれども決してその姿を見てはならない、そういう類いの怪異なのだと私は思っている」

　そして七瀬はあえて一拍の間を置き、それからその名を口にした。

「『片輪車《かたわぐるま》』――それが、節分の晩になると毎年あなたの集落に現れる妖怪よ」

自分が遭遇していた怪異に名称を与えられて、茜音さんが「片輪車、ですか」と、俺も聞いたことがない妖怪の名前を小さく繰り返した。

「真夜中に、どこからともなくガタゴトという車輪の音が聞こえてくる。それがどこから来てどこへ行こうとしているのかは、誰にもわからない。だがその姿を見てしまえばたちまち前後不覚となり、意識を失ってしまうという。ゆえに人々は夜間の外出を戒めて、夜になるとみな門戸を締め切り家の中に閉じこもった。片輪車はその噂《うわさ》をするだけで祟《たた》りに遭うとされていて、人々は口にすることすらも怖《おそ》れたという。

――これは今から約三〇〇年前に書かれた『諸国里人談《しょこくりじんだん》』という随筆に載っている話なのだけれども、この片輪車が現れた場所というのが近江国甲賀郡と記されている。

つまりここ、甲賀市の辺りなの」

ゴクリと、誰かの喉が鳴る音がした。

先に七瀬が語った夜行さんの馬の足音とは違う、車輪の音の妖怪。

しかも古い書物によれば、それが現れたのはまさにこの甲賀地方らしい。

似ている――夜間の外出を戒められたという点を含めて、茜音さんから聞いた集落の中を練り廻る車輪の怪異譚と、七瀬が語った片輪車の話はそっくりだった。

「興味本位から片輪車を覗き見た女の話を元に、鳥山石燕《とりやませきえん》という絵師が描いた片輪車の妖怪画があるから、それを実際に見てみるといいわ」

そう言って七瀬はスマホを取り出すと、茜音さんたちにも見えるように机の上に置く。

その液晶に表示されていたのは、なんとも奇妙な単色刷の版画だった。

まず最初に目につくのは、中央に描かれた車だ。車といっても現代の自動車ではなく、人や牛なんかが牽いて動かす木製の大八車のようなもの。それがおどろおどろしい、地獄で燃えているような火炎に包まれていた。

そんな燃え盛る車の上に一人の女が乗っている。足をピンと前に伸ばし、手を自らの額に当て、妙な艶《なま》めかしさを感じるどことなく見目麗しい女だ。

パッと見だけでもどこか不安を感じるそんな絵なのだが、しかしそれだけでは終わらない妙な歪さを感じた俺はまじまじと見続けて、それでようやく感じた違和感の理由を理解した。

普通であれば、左右合わせて最低でも二輪なければ用を為《な》さない牛車の車輪が、この絵の中の車には一つだけ――片側しかなかったのだ。

いやよく見れば一つしかないのは車輪だけじゃない。一つきりの車輪の車に乗った女の腕も足も、どちらもが一つきりだった。

片側のみの車輪の車に、一人きりで乗った片腕片足の女の妖怪――片輪車。

――それはまたしても、一つだった。

「それで……この片輪車を見た、その女の人はどうなったんですか？　夜行さんは、その姿を見たら馬に蹴り殺されるんですよね。だったらこの片輪車を覗き見たという女の人は、それからどうなったんでしょう？」

「片輪車に子どもを攫われたわ」

「……えっ？」

「片輪車はね、『諸国里人談』だけでなくて『諸国百物語』という同時期の怪談本にも逸話が載っている妖怪なのだけれども、外を覗き見て片輪車を目にした女はどちらも家の中にいた子どもを連れ去られてしまい――」

　ガタンという激しい音が七瀬の語りを遮る。その音は猛烈な勢いで立ち上がった美希が膝をぶつけ、四人用のテーブルが浮き上がった音だった。口をつけていなかった俺のコーヒーカップが倒れ、テーブルの上に真っ黒い液体が広がっていく。

　茜音さんが「ちょっと、美希っ！」と親友をたしなめ、紙ナプキンでコーヒーを拭きだすが、倒した張本人である美希はまるで意に介していない。

　それどころかぎらぎらと目を血走らせ、刺し殺さんばかりの勢いで七瀬を睨んでいた。

「妖怪だとか……そんな馬鹿げたものが本当にいるわけないじゃない!!　あんたたち、みんな頭おかしいんじゃないのっ!?」

　店内の他の客がいっせいにこちらを向くほどの大声で、美希ががなり立てる。

「ちょ、ちょっとどうしたの？　とりあえず落ち着いてよ、美希」

激高する友人を座らせようと茜音さんが手を引くが、美希は茜音さんの手を振り払う。

「片輪車？　見ただけで祟りがある妖怪？　――ほんとに下らないのよっ!!　仮にそんなのを見たからなんだっていうの！　その化け物を目にしたら子どもが攫われる？　ばかばかし過ぎて信じる気にもならないわ！」

美希の言動はこれまでも目に余っていたが、さすがにこれはもう度が過ぎる。茜音さんに加担して、俺も美希を落ち着かせようとしたところ、

「そう――あなた、片輪車を見たのね？」

七瀬がぽつりとつぶやくなり、美希の全身が凍りついた。

真っ赤だった顔がまたたく間に真っ白に変わり、立ったままの足がわなわなと震えだして、奥歯はガタガタと鳴り始める。

そのまま膝から崩れるんじゃないかと思った矢先、踵を返した美希が無言のまま店内を駆け出した。

「美希っ！」

背中に向かって茜音さんが名を呼ぶも、美希はいっさい振り返らない。

呆気にとられる他の客の視線を一身に受けながら、入り口の戸を弾《はじ》くように開けて猛然とした勢いで外に飛び出していった。

美希を追うべく茜音さんが椅子から腰を浮かせるも、その前にさっと人影が立った。

「……大変申し訳ございません。他のお客様のご迷惑になりますので、これ以上は」

ややきつい目で俺たちを注意するウエイトレスさんに、俺は「すいませんでした、もう終わりましたから」と愛想笑いを浮かべる。

納得いかなそうにしつつもしぶしぶウエイトレスさんが俺たちの席から離れたとき、美希の姿は往来に面した窓の向こう側からも見えなくなっていた。

上げた腰を再び椅子に落とした茜音さんが、友人に代わって頭を下げる。

「ごめんなさい、八街先生。美希には後で私からよく言っておきますので」

「別に謝る必要なんてないわよ。ファンに嫌われて怒られるのも、作家の仕事のうちだもの」

しれっと七瀬が答える。

というか、それを仕事のうちとちゃんと思えているのなら、担当編集者である俺の意向を聞くのも仕事のうちと思っていただけないものですかね。

「和泉さんも、すみませんでした。せっかく東京から来てくださったのに」

「いや、八街先生が言ったように別に気にしなくていいよ。取材をしてると、たまにはこういうこともあるからさ」

そもそも最初から美希の様子はおかしかったのだ。にもかかわらず席を外させる必要はないと判断したのは七瀬だ。だから基本的に七瀬が悪い。

「……実は、もうすぐ美希に妹が生まれるらしくて最近ナーバスになっているんです。そもそも半年前にうちの集落に引っ越してきたのも、呼吸器の弱いお母さんのためらしいんですよ。今大変なときだから子どもが攫われるなんていう話に敏感に反応しちゃって、それでおかしなスイッチが入っちゃったんだと思います」

肩を縮こめ、茜音さんが友人の無礼を心から申し訳なさそうに弁解する。

しかしそれを聞きながら、俺はこう思っていた。

――いや、いくら神経質になっていようが、七瀬の語りが真に迫っていようが、それでもたかが〝妖怪〟の話であんなに取り乱すのはおかしいだろ、と。

だから、きっと何かあるのだ。

七瀬も言っていたように、例えば――節分の晩に何かを見てしまった、とか。

既に冷めきったカフェオレの、最後の一口を七瀬が啜る。

その顔は無表情を装っているものの、目だけはどこか爛々《らんらん》としていた。たぶん俺にはわからない何かを、七瀬は察しているのだと思う。

茜音さんの萎《しお》れ方を見るとちょっとだけ不謹慎だとは思うのだが、しかしこんな目をした七瀬が上げてくるプロットを早く読んでみたいと、俺はそう考えてしまっていた。

2

七瀬を助手席に乗せたまま、集落の中心地からはやや離れた道の端で車を停める。

古い家ばかりのこの集落で、一軒だけ新しくてモダンな白いタイル壁。おそらくつい最近リフォームしたばかりであろう二階建ての住宅が、フロントガラス越しに見えている。

レンガ調の門にかけられたその家の表札の文字は、美希の名字である樋代だ。

「……ほんとに見つけちまったよ」

茜音さんと同じ集落に住んでいるという情報からして、ここが半年前に引っ越してきたらしい樋代美希の自宅とみてまず間違いないだろう。

「この程度の大きさの集落だもの、見つかって当然でしょ。とりあえずは、あの辺に停車させせましょうか」

と、七瀬が指さしたのは、美希の家から二〇メートルほど離れた空き地だった。

正確には空き地ではなくて休閑中の畑なのかもしれないが、まあ乗用車の一台や二台を停めても問題はないだろう。

七瀬に言われるがまま、俺は空き地に車を乗り入れるとエンジンを切る。二月のこの時期、車内はすぐに冷えてくるだろうがそこは我慢するしかない。何しろここは、俺たちが昼間追い出されたあの御一津神社のある集落だ。長時間のアイドリングなんかして、目立つような真似《まね》はしたくなかった。

「さて、この先は鬼が出るか蛇《じゃ》が出るかなのだけれども……この場合は、まず蛇はないわよね」

意味不明な言葉を吐きつつ、七瀬が助手席のシートに深くもたれた。

——美希が喫茶店を飛び出した、その後のこと。

茜音さんももはや落ちついて話をできるような雰囲気ではなかったので、そのまま取材はお開きとした。

可哀相《かわいそう》になるぐらい頭を下げてしょぼくれる茜音さんを心配し、俺は集落の手前まで車で送ろうかと申し出たのだが、丁重に断られた。

車で送っている間もうしばらくは七瀬と雑談していられるという意図があってのことだったのだが、それをわかった上でなお、茜音さんは俺たちとの密会のことを誰にも知られたくはないという気持ちの方が上らしい。

「両親はまだいいんです。でも節分の晩のことを外の人に話したなんて知られたら、姉が何を言い出すか……」

まあ本人の意向を無視して無理に送るなんて話でもないので、俺と七瀬は茜音さんに取材のお礼を言うと、そのまま店の前で別れた。

正直に言えば、なんとも消化不良な取材だったと思う。

途中、憤って出ていった美希が戻ってくるわけでもなく、怪異の正体を片輪車だとした七瀬の話が証明されたわけでもなく、何もかもが微妙で中途半端。

だけど、実話の怪異譚の取材なんて正直こんなものだろう。

事実は小説よりも奇なりとは言うけれど、事実が常に奇抜であればそれこそ小説なんて不要だ。だからたいがいはこんなもので、あとはもう七瀬の想像力で補って面白くしてもらうしかない。

個人的には期待をしていない取材だったが、それでも編集部として経費をかけているのは間違いないわけで、無駄にならないことを切に願う。

とはいえ、俺の仕事はここまで。あとは偉大なる八街七瀬大先生さまが、企画書とプロットを上げてくれるのを待つばかりだ。さっきの興奮が入り混じった目つきを見る限り、それなりの期待はできると思っている。

ゆえにもはや俺に残されたやるべきことは、出張取材への同行の役得として宿で出てくる近江牛のすき焼きに舌鼓《したつづみ》を打つことだけ――のはずだったのだが。

急いで宿に向かおうとコインパーキングに駐車しておいた車に乗り鼻唄混じりでエン

ジンをかけたところ、助手席に座った七瀬が茜音さんの住所が書かれた封筒を俺の鼻先に突き出してきた。

「茜音さんが住んでいる集落の住所を、今からもう一度ナビに入力してちょうだい」

「はぁ？　おまえさっきの茜音さんの話を聞いていなかったのか？　集落の近くまで車で送ることさえ拒否されたんだぞ。今さら何の用事があるんだよ」

「私が用があるのは茜音さんじゃない。樋代美希の方よ」

七瀬の口から出たその名前に、俺の口は自分でもわかるほどにへの字となる。

確かに茜音さんは、美希は同じ集落の人間だと言っていた。それが間違いなければ、美希の住む家もあの集落にあるのだろう。

——とはいえ。

「俺は反対だぞ。昼間にあの集落の連中に絡まれたばかりだろうが。それに取材をさせてくれた茜音さんへの義理だってある。どんな理由だろうと、あの集落に行くのはごめんだ」

「その理由が人命に関わることであっても、大和は見捨てるというのね？」

……人命に関わるとか、なんだそれ。

俺たちは怪異譚の取材をしに来ただけだ、それがどこをどう間違えればそんな大袈裟《おおげさ》な話になるのやら。

「ほら、いいから車を出しなさい。ただの懸念なら、それはそれで納得するから」

七瀬に圧され、俺はしぶしぶと例の集落に向けてハンドルを切る。

茜音さんと別れた段階では夕暮れだった空も、車を走らせているうちに日が落ち、集落に辿り着いた頃にはすっかり暗くなっていた。

そのおかげもあってか、目抜き通りですら誰一人として出歩いている人はいない。それどころかどの家も雨戸を厳重に閉めていて、家から漏れてくる明かりすらなかった。

今日は月が明るいので外灯のない田舎道でもさして困らないが、民家はあれどもとにかくびっくりするぐらい辺りに人の気配がない。

「節分の晩同様に、今夜もまた物忌《ものい》みの夜なのかもしれないわね」

七瀬の言っていることは今一つわからないが、昼間の神主にまた出会いでもしたら何を言われるかわかったもんじゃない。内心でヒヤヒヤしていた俺は、この人気《ひとけ》のなさに少しだけ胸を撫で下ろした。

美希が半年前に引っ越してきたのなら、その家は新築かリフォームされている可能性は高い。なのでそれらしい家を探し、なるべく音を立てずに集落内を車で巡っていたところ、ストーカーよろしく本当に美希の自宅らしき樋代邸を見つけたわけだ。

――というのが、今の状況だった。

本当なら今頃は宿で豪勢な夕飯だったはずが、どうしてエアコンすら切った冬の車内で寒さに震えていなければならなくなったのか。

それもこれも七瀬の気まぐれのせいだと、硬い運転席に体を沈めて惨めな気分に浸っていたら、樋代邸を真剣な目で見ていた七瀬がしゃべり出した。

「片輪車の話が出た途端に見せたあの取り乱しかた……私はね、樋代美希は節分の晩に実際に片輪車を見てしまったのだと思っているの」

「……七瀬よ。それ本気で言っているのか？」

片輪車とは、妖怪だそうだ。なんたらとかいう江戸時代の本に書かれている、車輪が一つきりの車に乗った、見たら祟られる片腕片足の怪異なんだとか。

これが心霊とかツチノコなんかのＵＭＡとかならいざ知らず、いくらなんでも妖怪なんて酔狂なものが実在すると頭から信じられるほど、俺の感性は浮世離れしてはいない。

「そうね、私だって本当に片腕片足の妖怪が独りで集落の中を徘徊している、なんてのはさすがに思っていないわよ」

「だったら、なんでこんなことをしているんだよ」

「『御一津様』なんて意味深な名前の神様を祀った神社と、その麓の集落で誰も外に出てはいけない物忌みの晩に響いてくる車輪の音。本物の魑魅魍魎の類いでなくても、この集落には片輪車と称するに値する〝何か〟がある気がするのよ。今夜は例大祭を中止してまで行う、物怪が徘徊するとされた事八日の秘祭の夜。

私のホラー作家としての勘が、きっと彼女の身に何か起きると訴えているのよ」

七瀬の返答に、俺は苦虫を噛み潰したような表情でこめかみを揉《も》む。

ってか、ホラー作家の勘ってなんだよ。

「――わかったよ。わかった、わかった。もう好きにしてくれ」

本格的に冷えてきた車内で、俺はジャンパーのファスナーを上げ身震いをする。

まったく……無理くりに金曜日のスケジュールを空けさせられたこともあって、週明けからはギュッと詰まった激務が待っている。たぶん来週いっぱいは終電続きだ。これでもし収穫を得られなければ、都内からはるばる甲賀くんだりまで何をしに来たのかと心中で泣きたくなっていたら、自然と口が動いていた。

「……なあ、プロットとまではいかずとも、実際のところ次の企画の輪郭ぐらいは見えているのか？」

「なによ、藪《やぶ》から棒に」

美希の自宅をじっと見ていた七瀬の目が、すっと細まった。

「俺も編集者という名の会社の歯車だからな。営業部の車を借りてまで来た取材がただの無駄足でしたじゃ、さすがに納得してもらえないんだよ。東京に戻ってから編集長に成果を訊かれたとき、何かしら返せるだけの話が欲しいのさ」

「そう──だったら、ちょうど今取材をしている内容をモチーフに、大和が好きだと言っていたあの作品の焼き直しでも書きましょうか」

七瀬が寒い車内の中で、なぜかほんのり頬を染め、ちらりと俺を盗み見る。

──俺が好きだと言っていたあの作品？　どれだ、それ。

好きな作品なんて山ほどあるぞ、と俺が困惑していると、七瀬の眉の角度がみるみるうちに吊り上がっていった。

「まさかっ!!　どの作品のことを言ったのか、あなたピンときてないわけっ!?」

「ま……待て、待て！　今思い出すから」

「ほんとバカなんじゃないのっ！『自分で好きだ』って言ったんだからね、ちゃんと責任とりなさいよっ!!」

焼き直しと表現したからには、自分で書いた過去の作品を指しているのだろう。デビュー作を焼き直すには早過ぎるから、そうなるとおそらく高校の文芸部時代のものだというのは想像がつく。

だが困ったことに正直言って俺は七瀬の作品はどれもこれも好きだ。だから逆に「好きだと言っていた作品」なんて言われても、どれのことなのかさっぱりだった。

どう返したらいいかと悩んでいるうちに、ほんのり朱色だった七瀬の顔はすっーと色を失い、その変化を目の当たりにした俺の顔が青くなっていく。

キッチン台を闊歩《かっぽ》するゴキブリを見るような目を俺に向けて、七瀬が吐き捨てた。

「ちゃんと言ったでしょ……『絶対に一生覚えてなさいよね』って」

……ん？　作品はともかく、その台詞にはどこか聞き覚えがある。

そうだ、あれはいつだったか。ずっとずっと前に七瀬からそんなことを言われて、俺はものすごく衝撃を受けた気がするのだが――、

――ドンドンドン

何かを思い出しかけていた思考が、激しく窓ガラスを叩《たた》く音で遮られた。

慌てて運転席の窓から外を見れば、そこに制服を着た中年の警官が立っていた。

いきなりのことにギョッとしつつも、警官の手振りに従って窓を開けると、まだ完全に開ききらないうちからすごい剣幕をした顔が車内に入り込んできた。

強面な警官が、まるで親の敵《かたき》のごとく鼻先の距離で俺のことを睨みつけてくる。

「君たちさ、こんなところで何してるわけ？　ここが私有地だってわかってるよね？」

「いや……すいません、運転中に急に眠気を感じてしまったもので、ここで休ませてもらっていました」

本当は七瀬の要望で美希の自宅周辺を監視していたわけだが、もちろんそんなことを

言うわけにはいかないので適当な理由をでっちあげる。

「休んでた？　とてもそうは見えなかったけど、本当かなぁ？」

その警官は俺のことを睥睨《へいげい》しながら、隣の七瀬の顔もちらちらと窺《うかが》う。

「そっちの女性もこの辺りじゃ見かけない顔だよね。というかさ、君たちはそもそもどうしてこんなところにまで来たわけ？　少し車停めて寝るだけだったら途中の道でいくらでも休める場所はあったよね。ナンバーからしてもこの辺の人じゃないみたいだし、こんな場所で休んでいるなんておかしいと自分でも思わない？」

確かに私有地で休んでいたことは褒められたことじゃないが、どうしてこんな尋問めいたことを言われなくちゃならないのか。

職務質問だと言われたらそれまでなのかもしれないが、しかし俺はなんとなく変な引っかかりを感じていた。

「本当はさ――この集落に来た、何か別の目的があるんじゃないの？」

突然に核心を突かれ、はっと呑みかけた息を必死に止める。

……そもそもだ、この空き地に車を停めてまだ五分と経っていない。この土地の持ち主が通報したのであっても、いくらなんでも警察が来るのが早過ぎる。

――何かが、微妙におかしい。

「いやぁ、本当に申し訳ありませんでした。すぐに移動しますので」

身分証明書の提示を求められるより先に慌ててエンジンをかけ、訝《いぶか》しむ警官の視線を愛想笑いで受け流しながら、俺は強引に窓を閉める。

とにかくこれ以上ここにいても、悪い方に転がる予感しかしない。後ろ暗いというほどではないが、俺と七瀬がここにいるのはそもそも一面識しかない女子中学生を追ってきたのが理由で、状況だけ考えたらまるっきりストーカーのそれだ。

とにかく善良そうな市民を装い、俺は警官に向かってへこへこと何度も頭を下げながら車を発車させた。

「……いっそカップルの振りでもしていれば本当に休憩していると思われて、不審車《しゃ》輛《りょう》にはならなかったかもね」

集落の中の狭い道を走り出してから、七瀬が舌打ちをしてぼやく。

……というかやめろよ、そういうシモなことをさらっと口にするのはさ。俺が三年間も片想いをしてた、あの純情な文学少女を返してくれよ。

「冗談よ。カモフラージュとはいえ、あんたみたいな自分で言ったことに責任が持てないバカと、そんな関係だと思われるなんて死んでも御免だわ」

自分から言い出したのに、一方的に怒って鼻息荒く俺のことを罵倒してきやがる。

さすがの俺も言い返したいところだが、しかし今の七瀬からは突ついただけで刺されそうな雰囲気が立ち上っていて、チキンな俺はそっと肩を縮こめ口を引き結んだ。

「まあ、それはいいとして――今はそんな話より、あれをどうにかするのが先よね」

「あれ、って……何のことを言っているんだ？」

「意味がわからないのなら、ルームミラーを見てみなさい」

七瀬に言われるがままルームミラーを覗き見る。途端に「げっ」という声が、俺の喉から漏れていた。

一定の車間距離をとった状態で、俺と七瀬が乗る車の後ろからパトカーがついてきていた。目を凝らして運転席を見れば、そこにいるのは間違いなくさっきの警官だ。

試しに集落の中の適当な横道へ曲がってみたら、同じようにパトカーも曲がってついてくる。サイレンこそ鳴らしていないが、俺たちの車の後をぴったりと追ってきているのは明白だった。

「あの子の家を監視するつもりが、どうも先に監視されていたのは私たちのようね」

「……どういうことだ？」

「昼間に訪れたときも、さっき美希の家を探して走っていたときも、私はこの集落内で駐在所なんて見かけなかった。それなのに私たちが駐車してからあの早さで現れたということは結論は一つ。最初から美希の家の近くであの警官は待機していたのよ」

「あまりに早いってのは俺も感じたが、だけど警官が美希の家の近くで待機する意味がわかんねえだろうよ」

「昼間に御一津神社の宮司も言っていたでしょ？　これから行う秘祭は集落の人間以外には誰にも見せられないって。だから答えは簡単よ。あの警官が待機していた理由はね、もしも集落の外の人間が美希の家の周りにやってきたとき、今みたいにすみやかに排除するためよ」

「いやいや、いくら祭りだからといっても道路を占有しているわけでもなく、そんな理由で警察が人を割いてまで出張ってこないだろうが」

「パトカーの巡回というのは基本二人組のはずなのだけど、後ろの車には一人しか乗っていないわよね。あれはたぶんね――この集落出身の現役警官が、今は一人しかいないってことだと思うの」

七瀬が口にした言葉の意味を考え、俺は少しだけゾッとした。

平成も終わったこの時代にどういうことだと思うも、しかしここは古くからの習俗が色濃く残っているらしい集落だ。

目抜き通りにコンビニはなく、ドラッグストアもなく、戦後すぐぐらいから時間の流れが止まっていたかのような印象を受ける山間の集落だ。

まるでミステリー小説の舞台だよな――自分の発想ながら、その不吉さに身震いをしそうになってしまった。

「とりあえずはこの集落を出ましょう。それまでは間違いなくあのパトカーはついてくるつもりよ」

　変わらず後ろを走るパトカーを、七瀬がサイドミラーで確認しながらつぶやいた。

　その意見にはすこぶる賛成だった。

　ついでにできるなら、そのまままっすぐ宿に向かって予約した部屋の暖かい布団の上に倒れ込みたいのだが、

「とにかくいったん外に出て、それからもう一度戻ってこられるルートを探しましょう」

　……高校時代ならいざ知らず、今の七瀬ならまあこう言うよな。

「そうは言うが、公私混同な警官が絡んでくるなんていよいよきな臭くなってきたぜ。今度見つかったら、本格的にまずいんじゃないのか？」

「安心なさい、今なら誰にも見つからないだろう場所があるから」

　そう言って七瀬が指を指したのは、集落の奥にある山の一つ。

　昼間に出向いた、あの御一津神社のある山だった。

3

　去年の秋に越してきたこの集落が、樋代美希は大嫌いだった。

重度の気管支喘息《ぜんそく》を患っている母の体に、東京の空気がことさら合っていなかったのは理解している。喘息がもたらす胎児の低酸素症のリスクを考慮し、大きな病院があって空気も綺麗なこの集落を、転職してまで移住先に決めた父の苦労もわかっている。

だからこそ、美希もこの集落の生活を受け入れようと最初は頑張ってきたのだ。

――だけど。

日々が過ぎれば過ぎるほど、乱立するビルに囲まれて半分も見えない澱《よど》んだ空が美希は恋しくなった。しんとすることなく、雑踏と雑音が絶えない騒然とした夜の空気が懐かしくなっていった。

ゴミゴミしてとっちらかった東京こそ、自分の生まれ育った馴染みの故郷なのだと、美希はこの集落に来てから痛感していた。

「……私は、この集落が嫌い」

箱庭の外壁のごとく、どこに居ても視界の終わりとなる窒息しそうな山が嫌い。

朝と夕方に数本ずつしか印字されていない、バス停のすかすかな時刻表が嫌い。

コンビニすらなくて、まだ夜の七時なのに真っ暗になってしまう大通りが嫌い。

顔を合わせれば「慣れない土地で大変ね」と愛想笑いを浮かべながらも、「ここではね」とやたら地元のルールを押しつけようとする住人たちは、大嫌い。

ただの黴臭《かびくさ》い神社の神様なのに「御一津様」なんて呼んで怖がって「節分の晩に外を

見たら鬼に攫われる」とか、古めかしいしきたりを真顔で口にする因習だらけのこの集落の全てが、反吐《へど》が出そうなほどに嫌いだった。

だけれども——それほどまでに嫌っていた集落の風習を破ったことを、今の美希は心から後悔していた。

できるものなら見間違いだと思いたい。ただの夢だったと思い込みたい。

それなのにあの晩の夜気の寒さは未だに頬に貼り付いていて、月光の明かりに照らされ影絵のようだった鬼たちの姿はまだ瞼の裏に焼き付いている。

外に出ても、外を見てもいけない節分の晩。

無数の鬼たちが牽いた、車輪が一つきりの山車に乗っていた——妖怪の、女王。

あの夜に、はたして自分は何を見たのだろうか。

(あなた、片輪車を見たのね)

性格の悪そうなあの作家の声が唐突に脳裏で再生され、美希は思わず身震いした。

以前に「すごく面白いから読んで」と、茜音が姉の本棚から借りてきたらしい文庫本を無理やり押しつけられたことがある。小説なんて読まない美希としては迷惑でしかなく、試しにパラパラと捲《めく》ってはみたが、昔の風習とか古い伝説とかそんなのばかりが書かれていて頭が痛くなりそうだったので、そのまま閉じた。

その本の背表紙に書かれていた作者の名が——八街七瀬。

今日の件、茜音には悪いことをしたという自覚は一応ある。

集落に引っ越してきて以来、まるで子犬のように茜音は自分にすり寄ってくる。子どもが少ないこの地で、同い年で同性の自分は彼女にとって貴重な存在なのだろう。

だけど茜音とは趣味も合わなければ、感性だってズレまくっている。端的に言って、馬が合わない相手だ。だから最初の頃、美希はだいぶ茜音を邪険に扱いなんとか距離を置こうと考えていた。

しかし今は、その思いを少しあらためている。

美希と茜音が通う麓の中学校の生徒数は約一〇〇人。しかも東京では考えられないほど校区が広いため、生徒のほとんどがバス通いだ。

一日数本のバスに通学を頼っているため部活動も活発ではなく、学校帰りに寄り道しようにもそもそも寄れる店がない。市街地へ行くのもまたバスで、終バスの時刻を考えれば学校帰りに遊びにいく余裕なんてありはしない。

つまるところ誰かとつるもうと思えば、美希には茜音しかいないのだ。

東京で中学に通っていたときからは、想像すらできない状況だった。

あの頃はクラス内のグループを俯瞰《ふかん》して、自分はどこに所属しようかなんて考えていた。自分で付き合う相手を選び、ときには自分も誰かに選ばれ、休日に遊びにいくときも誰と一緒に出掛けるか選《え》り好みしながら美希は過ごしてきた。

だけどここでは、それができるだけの人数がいない。教室であれば茜音以外にも話し相手はいる。けれども学校が終われば、一緒に帰り道を行く相手は茜音だけだった。

自分のスマホの中には、都内の友人たちの連絡先が未だにたっぷりと残っている。

しかし集落に引っ越してきてから半年、連絡を交わす頻度は徐々に減っていた。具体的に言えば、コンビニスイーツの話題一つとっても、SNSのグループで交わされる話に美希はもうついていけなくなっている。

結局のところ最後は同じものを見て、同じ時間を生きている者同士が共感し合って過ごしていくしかない。それを実感した美希は、たとえ性格が合わずに苛立つことが多くとも一人でいるよりましと、茜音と一緒にいることを選んだのだ。

だから美希は今日も茜音と一緒に帰ろうとしたのだが、集落に向かうバスに乗る直前になって急に「今日は先に帰ってて」と茜音が言い出し面食らった。

茜音と知り合って半年、こんなことはこれまで一度もなかった。美希が嫌そうな顔をしても、茜音は勝手に美希に付きまとってきたからだ。

どうしたのかと訊いても、あやふやに誤魔化すばかりで要領を得ない。それでひときわ強く詰問したら「集落の人たちには絶対に内緒にしてよ」という前振りをしつつ、ようやく茜音が白状した。

以前に借りてパラ見したあの本を書いた作家に、これから会いに行くのだと言う。なんでもその作家が怖い話を募集していたので体験談を送ったところ、わざわざ茜音の話を聞きに都内から今日やってくるのだそうだ。

正直に言って、美希は茜音に嫉妬《しっと》した。

かつての友人の中で誰も自分に会いに来てくれるような人はいなかった。また会いたいね、というSNSのメッセージはきても、具体的な話には一度としてならなかった。

それなのに、茜音には話を聞くためわざわざ都内から出向いてくる人がいる。

もやもやとした黒い思いが美希の腹の底から湧いてくるが、同時に別の考えも美希の頭にはよぎっていた。

聞けば茜音が手紙にしたためた体験談とは『誰も外を見てはいけない節分の晩に、どこからともなく車輪の音が響いてくる』というものらしい。

それを知ったとき、美希の爪先から頭のてっぺんにまで怖気《おぞけ》が走った。

美希にはその車輪の音の正体に、心当たりがあり過ぎるのだ。

だから「前に本を貸してもらったときから自分もファンになった」と、美希はとっさに嘘をついた。そして「自分も一緒に連れていってくれないと、そのことをお姉さんに告げ口する」と茜音を脅した。

節分の晩に、集落の中を練り廻っていたあれを見てから既に数日が経っているが、美希はそのことを誰にも言えずにただ煩悶《はんもん》し続けていた。

両親に話したところで、鼻で笑われるだけで信じてはもらえないだろう。ひょっとしたら慣れない集落の生活で気持ちが不安定になっているんだと、見当違いな話にまで発展するかもしれない。

いずれにしろ出産が間近に迫っていて神経質になっている両親に、心配の種となるようなことを言いたくはなかった。

美希にとって、茜音のその話は自分の疑念と不安を払拭する好機だった。

借りたあの本は、小説とはいえ古い不思議な出来事なんかがやたら詳細に書かれていた。たぶん書いた作者はそういったことに知識があるのだろう。そんな人がまだ中学生の茜音の体験談なんて頭から信じるわけがない。

だから茜音の体験談に、きっと合理的な答えを出してくれるはずだ。

そうなれば、自分が見てしまったものの正体だってきっとわかるに違いない。

プロ作家の知識で、すとんと腑《ふ》に落ちる論理的な解釈を出してくれるだろう。

――それなのに。

（あなた、片輪車を見たのね）

再び耳の奥で響き渡った嫌な声を振り払うべく、美希は左右に首を振った。

本当に馬鹿らしくて、ただただ時間の無駄だった。ナンセンスにもほどがある。

初めて作家という人種に会ったが、今日だけで確信した。小説なんてものを書くような連中は、きっとみんな頭のイかれた変人ばかりなのだ。

だからあんな女が言っていたことなんて、微塵も気にする必要なんてない。

必要なんてないのに——では節分の晩に自分が見た、鬼の牽く片輪の車に乗ったあの妖女は、いったいなんだったのだろうか。

美希の思考はそこで堂々巡りとなり、気持ちはどんどんと沈み込んでいく。

あまりに下らなくて逃げ帰ってきた美希だが、こんなときこそ独りでいたくないのに、自宅に帰っても父親も母親も家にいなかった。

動転していたせいで気がつかなかったのだが、喫茶店で過ごしていた間に美希のスマホには父親からの留守電が入っていた。

『美希か？　実は今日な、定期検査で母さんを連れて病院に行ったら妊娠高血圧症候群って診断されたんだ。それでこれから急遽、帝王切開することになった。先生に紹介された大津市の大学病院までこれから母さんと救急車で行くが、美希は心配しなくていいからな。とにかく学校から帰ってきたら、家で留守番をしていてくれ。——もしものときは、すぐ連絡するから』

父親からの伝言を聞き終えたとき、美希は氷のような手で何者かに背筋を撫でられたような、そんな錯覚を覚えた。

もしものときって……何よ。

気がついてからすぐに父親のスマホに電話をかけたが、もう大津市の病院内なのか電波が届いていなかった。メッセージを送っても既読の反応もない。たぶん今頃は帝王切開をしている最中なのだろう。

母の体調を慮《おもんぱか》ってこの集落を引っ越し先に選んだ理由の一つに、ここには山間の僻《へき》地《ち》には立派過ぎるほどの新しい病院があったことが挙げられる。

美希も少し前に風邪を引いてその病院で診てもらったが、聞けば建ってからまだ一〇年も経っていない新しい病院らしい。

集落の中での評判もすこぶる良く、なんでも「御一津神社」の神主の親戚が院長をしているから安心だと、待合室の老人たちはこぞって言っていた。とはいえ外から来た美希にとっては、診察してもらった医者はまったく人の話を聞かなさそうな、線が細くて神経質そうなおじさんにしか見えなかったが。

それでも付近ではただ一つきりの三階建ての近代建築物は、古いものばかりなこの集落で美希が嫌いではない数少ない場所だった。

だがそんな病院が、大学病院への緊急転院を勧めるほどの母とお腹《なか》の子の容態だ。一週間前の定期検診では順調だという話だったはずなのに、この短期間でいったい何があったというのか。

（片輪車に子どもを攫われるわ）

美希の頭蓋の中で、今度はあの女の違う台詞が再生された。

居間のソファーに座っていた美希は、傍らのクッションを無意識に抱き寄せた。

「……そんな馬鹿なことあるわけないじゃない。祟りなんてあるはずがないわよ」

自分でも知らぬうちに、美希は親指の爪を噛んでいた。

しかし美希の妹となる予定のこの家の子どもを宿した母親が、大津市の病院に搬送されたのは間違いのない事実なのだ。

——こんなのは偶然だ、たまたまだ。あの女に変なことを吹き込まれたから、妙に気になっているだけに過ぎない。

だけど——その姿を見てしまったら、家の子どもを攫っていくらしい妖怪。

節分の晩に見た、鬼が牽く片輪の輿《こし》に乗って夜空に手を伸ばしていた髪の長い妖女の姿は、あのホラー作家にスマホで見せられた妖怪画とあまりに似ていた。

「……私のせいかもしれない」

そう口にした途端、自然と美希の頬を涙が伝っていた。

最初はあんなに邪険にしたのにそれでも話しかけてくれていた茜音に一方的に甘え、なのに集落への反発心はむしろ高まり、この土地に住んでいる連中が頑《かたく》なに守るルールをただただ馬鹿にしたいためだけに闇雲に破った。

その結果が、たぶんこれなのだ。

自分が禁忌を破った罰として、これから生まれてくる自分にとっても両親にとっても大事な妹を、片輪車は攫っていくのだろう。

感情の堰《せき》が切れた美希がわっと泣き出しかけたところ、不意にそう遠く離れていない距離からギュルルと車のエンジンがかかる音がした。

「……なに？」

不審に思った美希が立ち上がり、僅かなカーテンの隙間から外を覗き見た。

母親が臨月を迎えてからは手入れされず雑草の生えた庭を、塀の向こうの道路に白黒ツートンカラーな車が停まっているのが見えた。

「……パトカー？」

いつのまにか家の斜め前の空き地に停まっていたセダン車が発進すると、美希の家の前に停車していたパトカーもそれを追うように走り去っていった。

サイレンを鳴らしていなかったから事件ではないのだろうが、しかし美希はこの集落内でパトカーを見かけたのは初めてだった。

――パトロールにすら来ないこんな寂れた集落に、いったい何の理由で。

なんとなく感じた不穏な気配に、カーテンを握りしめながらしばらく外を眺めていたら、いきなりピリリという電子音が鳴り響いた。

電話の着信というのはいつだって唐突だが、しかし今は間が悪い。不安になっていた美希は、驚いてビクリと肩を跳ねさせる。

振り向いて居間のテーブルの上を見るが、いつもはそこに置いてあるスマホが見当たらない。父親からの留守番電話を確認した際、玄関の下駄箱《げたばこ》の上にスマホを置き忘れていたことを思い出した。

開けたままだったリビングのドアから頭だけを出し、玄関の方を確認する。

暗い廊下の奥でＬＥＤが明滅し、美希のスマホがけたたましいまでに着信音を響かせていた。

手を伸ばして照明のスイッチをパチリと入れるが、廊下の電球が切れていたのを思い出した。二、三日前にお腹の大きい母が脚立に乗って替えようとしていたのを見て、後で自分がＬＥＤ球を買ってきて替えておくと言って止めたのだった。

不気味なほど真っ暗な廊下を前にして、美希はすっかり電球のことを忘れていたのを少しだけ後悔する。

おそらく電話をかけてきているのは父親だろう。

もしものときは、すぐ連絡するから――という、留守電に残されていたメッセージが嫌でも美希の脳裏をよぎった。

緊急搬送された母親と、そのお腹の中の妹に起きる、もしものとき。

それがどういう事態かなんて、想像したくもない。

電話は鳴り止《や》まない。耳障りな電子音が、いつまでも美希の鼓膜を刺激し続ける。汗が滲み始めた手を握り締め、美希は闇の吹き溜《だ》まりのようにも思える廊下へと足を踏み入れた。

気がつけば早鐘のように心臓が脈を打っていた。

胸の中でわだかまる不安に肺が押し潰され、湿った息が勝手に漏れ続ける。

(片輪車に子どもを攫われるわ)

また耳の奥で聞こえた声を無視し、闇の中で狂ったようにLEDを瞬《また》かせるスマホを手に取ると、バイブで蠢《うごめ》くスマホをタップして恐る恐る自分の耳へとあてた。

「……はい」

「美希か？　父さんだ」

思った通り、電話口の向こうから聞こえてきた声は父親のものだった。

「……どうしたの？」

「悪かったな、おまえを一人で置き去りにする形になって。何しろ本当に急な出来事だったもんでな」

「そんなのはいいよ。それよりも……用件は、なに？」

スマホを握っていない方の手に滲む汗をシャツで拭いながら、父親に問いかける。

そして——、

「安心しろ、無事に生まれたよ」

瞬間、自分の目が丸くなったのが美希にはわかった。

「母さんも、それから赤ん坊も、どっちも元気だぞ」

——一瞬の沈黙。

「それ……本当？」

予想外だった父親の言葉に、つい心の声が漏れてしまった。

父親も父親で、美希の言葉に呆れたように失笑する。

「当たり前だろ、こんなことで嘘をついてどうするんだよ」

瞬間、美希はへなへなとその場に崩れ落ちた。

大きな安堵のため息が受話口へと吹きかかり、ザーッという雑音が電話の向こう側に響いた。

「おい、どうした？　美希」

「あっ……ううん、なんでもない」

下駄箱の天板に手をかけ、再び立ち上がった美希の口元がうっすらとほころんだ。

——ほらね、やっぱり大丈夫じゃない。

片輪車だとか見たら赤ん坊をとられる祟りだとか、やっぱり下らない。

全てはあの作家の妄想、もしくは面白がって脅かそうとしていただけのことなのだ。

だから心配する必要なんてなかったんだと、美希は声を上げて笑いたくなった。

——だけど。

「でもな、ちょっと変なんだよ」

妙な翳《かげ》りを孕んだ父親の声が、軽くなっていた美希の気持ちに冷や水を浴びせた。

「別に美希を心配させたいわけじゃないんだが、どうもおかしいことがあってな」

「——おかしい？　なにが？」

「いや母さんな、今日の検診で妊娠高血圧症候群だと診断されて『このままだと胎児機能不全で危なくなるから、すぐに切開をした方がいい』って院長先生から言われたんだよ。それでそのまま大津市の大学病院に緊急搬送されたわけなんだが、搬送先の病院に着いて調べても血圧は正常で尿に蛋白《たんぱく》もなし——つまりは異常なし、だったのさ」

「……どういうこと？」

「まあ一時的に症状が収まっているんじゃないか、っていうのが運ばれた先の病院の判断だったんだがな。とにかく再発しないうちに帝王切開をしようということになって、それで無事に生まれてから執刀してくれた先生がぼそりと言ったんだよ。

——なんで妊娠高血圧症候群で帝王切開するのにわざわざここまで搬送されてきたのかがわからない、ってな。本当に緊急の状況なら、集落のあの病院で帝王切開ぐらいできたはずだって、そうぼやかれたのさ」

「……なに、それ」

「とにかくひどく慌てさせられてな、お父さんも何が何やらよくわからないんだが……でもまあ母さんも元気だし、お腹の子も無事に生まれてくれたから別にいいんだけどな」

心底ほっとしている父親の声を聞きながら、一方で美希は腑に落ちない不安のようなものが自分の腹の中に溜まっていくのを感じていた。

すると、

――コン、コン

すぐそばの玄関から、小さなノックの音が聞こえた。

玄関に注意を払っていると、僅かな間を空けて再びノックらしき小さな音がする。

「ごめん、お父さん。誰か来たみたい」

「こんな時間にか？　お隣のお婆《ばあ》さんかな」

空き地ばかりが連なるこの集落でも、二〇メートルほど離れた場所には隣家がある。

そこには息子夫婦と離れて暮らすお婆さんが住んでいて、「一人では食べきれないのよ」を口癖に、いつも煮物のお裾分けに来るのだ。実のところ美希はその煮物の味が好きではないので、迷惑にしか感じていないのだが。

しかしそうであっても居間の電気を点《つ》けていた以上は、居留守を使うのは今後の近所づきあいを考えると気まずい。

こういうところも嫌いなのよ——と、三度目のノック音を耳にしながら美希は心の中で悪態をついた。

「そうかも。とりあえず切るね」

「ああ、それと今晩はお母さんの個室にお父さんも泊まることになるんだが、家で一人だと怖くて寝れない、なんてことはないよな？」

「当たり前でしょ」

自分を子ども扱いする父の笑い声に少しだけむっとしつつ、美希は電話を切ると玄関へ向かって「はい、今開けます」と大声で返した。

コン、コン

返事をしているのにまだノックの音が聞こえることに美希は舌を打ち、三和土《たたき》のサンダルに足を突っかけようとしたところで——ふと気がついた。

「……えっ？」

自分の喉から、間抜けな声が漏れた。

今のノックの音は、玄関から聞こえてこなかった。美希の耳が拾った音の方向は正面のドアからではなく、真横の壁からだったのだ。

ギギギと軋ませるように、ゆっくりと首を横に向ける。

音がした壁の外側は、タイルが貼られただけのただの外壁だ。

ドアでもない場所を、誰かがノックする——ひょっとして隣のお婆ちゃんはボケてしまったのではないかと美希が首を傾げた瞬間、

バン、バン、バン、バン、バンッ!!


明らかにノック音とは違う、重く激しい音が壁から鳴り響き始めた。

喉に詰まった「ひぃ」という悲鳴を上げ、心臓を吐き出しそうになりながら美希は大きく後ろに飛び跳ねた。

「……なに、これ」

音のしているのとは反対側の壁に背を張りつけ、頰を引き攣《つ》らせる。

察するに、家の外側から誰かが思いきり壁を叩いているのだ。

それが何のためかなど、わかるわけもない。ただただ暴力的に、悪意だけを感じるよ

うな音でもって、壊さんばかりの勢いで壁が叩かれ続けていた。

あまりに意味不明な状況に、瞬《まばた》きすらも忘れて美希が壁を見続けていると、

——ドドドドドッッ!!


という、地響きが家中に突然鳴り渡った。

柱が軋んで床がうねり、美希はバランスを崩してその場に尻餅をつく。

地震だと思ってとっさに頭をかばおうとするも、しかしすぐに理解した。

揺れているのは地面なんかじゃない。地響きめいた音の出所は地の底からではなくて、美希のもっとすぐ近くから響いている。

——音の出所は、家の外壁全体からだった。

この家をぐるりと何者かが取り囲み、外壁を猛烈な勢いで叩いていた。

「……あ……あぁ……」

揺れ続ける家の壁。猛烈な音はいっこうに鳴り止む気配がない。

誰が……何のために、こんなことをしているのか。

そう考えたとき、美希の脳裏に自然と浮かび上がってきたのは、あの晩に見た無数の鬼たちの姿だった。

――女王が乗った、車輪が一つきりの山車を牽いていた鬼たち。

――節分の晩に外を見たら攫いに来るという、一つ目の鬼たち。

隈《くま》無く隙間無く、鬼がこの家の周りで群れていて、そして爪の伸びた節くれた手をいっせいに家の壁に叩きつけている――そんな映像が瞼の裏にはっきりと映った。

美希の心が、恐怖で充ちていく。

腰の抜けた美希は、とにかくこの家から逃げたい一心で玄関へと這《は》い進むと、

――ガチャ、ガチャ、ガチャッ！


玄関ドアのノブが、美希の目の前で勝手に左右へと回っていた。

玄関をこじ開け、鬼たちが家の中に侵入してこようとしているのだ。

ドアに嵌《は》められた硬質ガラスにも鬼たちの手が叩き付けられ、僅かに外の暗闇が覗けていたガラスが瞬く間に汚れた手形で埋め尽くされていった。

ドアに据えられた魚眼レンズの向こう側で、何かが蠢く。

――見られている。

あのレンズ越しに、鬼たちが代わる代わる中を覗き込んで、自分を観察している。

荒く湿った呼吸を繰り返す美希の視界が、ぐにゃりと歪んだ。

皮一枚下にうじ虫でも潜んでいたかのごとく、全身が粟立《あわだ》ち総毛立つ。

美希は喉が裂けそうなほどの悲鳴を上げると、いつ鬼たちが押し寄せてくるかもわからない玄関から逃げるべく、這ったまま廊下を抜けて二階への階段を上った。

──逃げなきゃ！　とにかくこの家から逃げないとっ!!

ほうほうの体で二階の空き部屋にまで上がった美希は、あの節分の晩に外に出たベランダのガラス戸に張りつき、三日月錠へと手を伸ばした。

震えているせいで指先を何度も滑らせるも、それでもどうにか鍵を回し、一息で戸を開け放って外に飛び出した瞬間、

──片輪車と、目が合った。


正確に言うと、一つきりしかない片輪車の眼窩《がんか》には目玉がなかったので、そこに溜まっていた闇と美希は視線を交わした。

「あ、あぁ……」

美希の喉から力のない声がこぼれる。

ベランダから逃げようとしていた美希の目の前、二階ほどの高さもある車輪が一つきりの車の上に座り、片輪車が待ち構えていたのだ。

遠目で見ていたときと違って間近でその姿を目にし、美希はあらためて思い直す。

――あの節分の晩、自分はどうしてこんなモノを美しいと感じてしまったのか。

見れば祟りに遭うという片輪車の姿は、全てが片側しかないミイラだった。

左側しかない腕を空に向けて伸ばし、山車に座れるようまっすぐ伸びた足も左側にしかない。右の眼窩は皮だけの瞼が縫われて閉じられていて、鼻も右半分だけが削《そ》がれ、髪の隙間から覗かせる耳も右側だけが切り落とされていた。

炎のように赤い着物の胸元から覗く、干からびた乳房さえもが左側だけだった。

干からびきって肉がない骨と皮だけの身体が、全て一つきりに削られた妖女。

節分の夜には月をつかもうとしていたようにも見えた左腕が、鬼が支える曳山ごと傾いて、美希の鼻先へと差し出されていた。

これは――その姿を見た家の子どもを攫っていく怪異。

産まれてくる妹にばかり気がいっていたが、よく考えれば中学生でしかない自分もまだ子どもと呼べる存在だ。

だからきっと己の姿を見た、この家の子どもをこうして迎えに来たのだろう。

禁忌を破り、節分の晩に外へ出た子どもを鬼とともに攫いに来たのだろう。

感情の振り切れた美希の目から、一粒の涙が頬を伝い落ちた。

何も考えられぬまま、美希は自分に向けられた骨張った片輪車の細い手をとる。

その瞬間、とうに限界を越えていた美希の意識は、片輪車の眼窩を埋め尽くす闇の中へと、吸い込まれるようにして消えていった。

三章　真夜中の祭りと、片側な御神体

1

「……なんだよ、ありゃ」

山の中腹にあるため集落全体を見渡せる御一津神社の境内で、俺は樋代美希の家を見下ろしながら驚きの声を漏らした。

口を開けて固まった俺の手から、七瀬から借りたオペラグラスが落ちそうになる。

ほとんど外灯はないものの、澄んだ冬の空気の中でひときわ輝く満月のおかげで、樋代邸の周りで何が起きているのかはっきりと見ることができた。

「あれが片輪車の正体よ」

列を為して曳山を牽いた、鬼の仮装をした氏子たちが美希の家を取り囲んでいた。

鬼の面を被ったのが氏子だとわかったのは、昼間にこの御一津神社の境内で出会った連中と同じく鯉口シャツに薄手の袢纏という祭り装束だったからだ。どいつもこいつも壮健そうな体つきをしていることからも、たぶん間違いないと思う。

服装で昼間と違うところをあげるなら、鬼の面に加えて誰もが蓑《みの》を羽織っているところぐらいだ。

「おそらくは今夜も節分の晩と同じ、集落の人間は誰も外に出ることの許されない物忌みの夜。だけどももしもそれが人でなかったならば、外に出たとしてもなんら問題はない——あの鬼の面は、そういう意味なのでしょうね」

七瀬が苦笑する。

それにしても奇妙なのはあの曳山だ。小さな小屋ぐらいはありそうな祭事用の車を連中は牽いているのだが、車輪が一つしかない。

当然ながら二つなければバランスがとれずに倒れてしまうわけだが、車輪がついていない側には神輿を担ぐような棒が一本延びていて、氏子連中は曳山を牽くと同時に担いでもいた。

昼間に中を覗いて氏子たちに因縁をふっかけられた山倉は、やはり空っぽだった。あのとき暗がりではっきり見えなかったものの、なんとなく形がおかしいと七瀬が言っていたのは、まさにあんな歪な曳山だったからだろう。

「自分でいろいろと言っていながら少しは半信半疑なところもあったのだけれど、でもここまで予想が的中するとちょっと寒けがしてくるわね」

――パトカーに追い立てられ集落と外との境界にある橋を渡った俺たちは、ぐるりと山道を迂回《うかい》して再び集落の付近にまで戻ってきた。だが車は目立つし、ナンバーだってあの警官に控えられているだろう。

だから集落の入り口からはだいぶ離れた林の中に車を置き、そこから徒歩で戻って、再び片側だけの草鞋が掲げられた石橋を渡って集落へと入った。

「祭りに参加する連中以外は外を見てもいけない夜だから、歩きなら家に籠もった人たちにはまず見つからないはずよ」

七瀬の言葉はまさにその通りで、集落の家々は窓が開いているところはなく全ての戸が閉めきられ、往来からは窓の隙間から漏れる灯《あか》りすら見えなかった。

そんな死んだように静かな集落の中を月明かりを頼りに俺たちが向かったのは、こともあろうに御一津神社だった。

昼間に息を切らして上がった御一津神社の長い石段をまた上って、恐る恐る鳥居を潜って境内に入る。社殿の前にあった取り壊し中の櫓は完全に撤去されていて、代わりに大きな和太鼓とこれから火を入れるつもりだろう篝火《かがりび》の台が用意されてはいたが、境内には猫の子一匹いない状態だった。

「今どきはどこの祭りでも人手不足は深刻だもの。担ぎ手が余るほどの人員の余裕があるわけないわ」

……なんというか、種を明かせば微妙に世知辛い現実だ。だがそのお陰で、俺と七瀬は人が見てはいけないという秘祭を特等席でこうして観察できているわけでもある。

「片輪車という妖怪の正体を、私は前から〝選ばれた者以外は決して見ることを許されない、真夜中の秘祭〟だと思っていたの」

俺が返したオペラグラスで美希の家を覗きながら、七瀬が情感が籠もった長い息を吐いた。

「古くからこの国には『御神渡《おみわたり》』や『御船渡《おふねわた》り』と呼ばれる神事があるわ。これらは普段は宮の奥にて鎮座する神様を一時的に社の外へと連れ出し、氏子の住まう里や村を巡行させるという祭事よ。このとき神様は御神体に宿って神輿や曳山に乗るのだけれども、御神体というのは人の目に触れさせてはならないのが基本。ゆえに中には、見るだけでも祟りに遭うと言い伝えられる御神体を乗せた御神渡というのもある」

「なぁ……見るだけで祟りに遭う神体が、人里を練り廻るって」

今聞いている話は、有り難い神様についての話だ。だが同時に七瀬の話を聞きながら俺の頭をよぎったのは、昼間に聞いた車輪が一つきりの車に乗った不気味な妖怪の逸話だ。

俺には、そのどちらも同じモノを語っているとしか思えなかった。

「夜行さんが〝夜に歩いてくる馬の足音〟の妖怪というのは説明したわね。対して片輪車は〝夜に走り回る車輪の音〟の妖怪――私はこの両者の違いは、村や集落を練り廻る神様の乗り物が、御神馬だったか曳山だったか、その差でしかないと考えている。

そして妖怪扱いされるほどに畏《おそ》ろしい、見てはいけないその神様の巡行を見てしまったら、人は神罰として祟りに遭う――より正確に表現するなら、神事を奉る宮司や氏子たちが神様の意を汲《く》み、その不届き者を祟りと呼ばれるほどの酷い目に遭わせる。

――そんなとんでもない神事なのだと思うわ」

ごくりと、ひとりでに俺の喉が鳴った。

「そんな怖い神様がいる地に住む者たちは、皆がその真相を知っているから御神渡の晩は物忌みとして決して家の外には出ない。祭りを執り行う集落の実力者の耳に悪い風聞が入らないようにするため、口にすることさえ誰もが憚《はばか》る。でもそれは、分別を弁《わきま》えた大人たちであるからこそ通じるルール。祟りに遭わされる危険な御神渡が近づいてくる際、外から賑やかな曳山の車輪の音が聞こえてきたとして、物心ついていない子どもに決して外を見せないようにするにはどうすればいいと思う？」

七瀬の問いかけで、俺は茜音さんが言っていた集落の言い伝えを思い出す。

「節分の晩に家の外を見ると、一つ目の鬼がその家の子を攫いに来る――つまりあの伝承は、子どもを脅して外を見ないようにさせたもの、ってことか」

「それらを全てひっくるめたものが、見た家の子を攫うと記された『片輪車』という妖怪なのだと、私は思っている」

自然とこぼれたため息とともに、俺の中で何かがすとんと腑に落ちた。

そう聞けば、茜音さんに外を見なくて正解と七瀬が言っていたのも納得できるし、外を見てしまったらしい美希が脅えていたのも理解できる。

全ては『片輪車』——そうとも呼べる、見てはならない怖い祭りに関わることだったわけだ。

「……だとしたら、その祭りを見ることがこの集落に来た目的だった、ってことか？」

「不謹慎だけれどもその気持ちも少しはあるわ。でも人命に関わるかもしれないと言ったように、ただの物見遊山ってわけにはやっぱりいかないみたいよ」

今まで覗いていたオペラグラスを、七瀬が再び俺に差し出した。

奥歯にものが挟まったような物言いに、俺は小首を傾げてオペラグラスを受け取ると再び美希の家の方角を覗き、そのまま大きく目を見開いた。

「——おいおい、いくらなんでもあれはやり過ぎだろ！」

土足で樋代邸に上がり込んだ鬼の仮装をした連中が、わざわざ二階のベランダから横付けした曳山の舞台の上へと、美希らしき少女を乗せようとしていた。

美希はどうも気を失っているようで、ぐったりとした四肢を鬼どもにつかまれ運ばれるがままになっている。その様子はどう見ても穏やかじゃない。

　拉致、誘拐――どちらでもいいが、そんな二文字が俺の頭に浮かんだ。

「節分の晩に家の外を見たら鬼が攫いに来る――っていうのは脅しだけじゃなくて、やっぱり本当のことだったようね」

　七瀬が苦々しく鼻で笑った。

「それにしたって、あれはもう犯罪の域だぞ！」

「だからこそ集落の外の人間には見せたくないんでしょ」

　しれっと七瀬に返され、返答に詰まる。

　集落の神社に立ち寄っただけで殺気だった宮司たちからは近づくなと脅され、樋代邸の近くで待機していたのではないかと思える警官からは不自然な退去指示を受ける。今の七瀬の言葉には説得力がありすぎた。

　つまり神事だか祟りだか知らないが、この集落の連中は秘祭を遂行するためには犯罪すら厭《いと》わないということだ。今さらながらとんでもないことになってきたと、冬の夜なのに俺の額から汗が滲んだ。

「それにしても気になるのは、あえて二階のベランダからあの子を曳山に乗せようとしていることよ」

「……それがどうしたっていうんだよ」

「生神《いきがみ》としてあつかわれたかつての出雲《いずも》大社の宮司は、生涯決して地面に足を着けなかったというわ。他にも諏訪《すわ》の御使様《おこうさま》のように神が乗り移ったとされる人間は、馬なり車なりに乗せて地面に足が着かないようにするのがこの国の古くからのならわしよ。記紀には〝根の国〟という概念があってね、地下は死者の世界と考えられていた。つまり死の国に繋がった地面は、神事では不浄で穢《けが》れているものとして扱われるの。ゆえに神社建築はほとんどが高床であり、地面の上に直接建てられている社はまずない。神様はね、地面と触れずにいることで神様としての清浄性を保つのよ」

「……だから、それが何なんだよ」

「察しが悪いわね。つまりああして地面に足を着けさせることなく二階から美希を曳山に乗せようとしているのは、神様の扱いと同じだと言っているのよ。

私が思うに、あの娘は次の神様に選ばれたのよ。鬼の仮装をしたあの氏子たちは、これから美希を御一津様という名前の神様に仕立て上げるつもりに違いないわ」

「……すまん、おまえの言っていることにまったくついていけないんだが」

どうにもわからずしかめっ面を浮かべた俺に、七瀬がイラッと目を細める。というか、これですんなり「はいそうですか」と理解が追いつく方がすごいと思うぞ。

一方で美希を乗せ終えたらしい曳山が、一つきりの車輪からガラガラと大きな音を立てながら動き始めた。

強い月の光のせいで陰影ばかりが際立って見える集落の中を、鬼の仮装をした連中が片輪の曳山を牽いて御幸《みゆき》を始める。

「とりあえず集落まで下りましょう。あの曳山がどこに行くのか追うわよ」

「待て待て……おまえ、正気か？」

「当たり前でしょ。私たちは人が攫われるところを目撃したのよ」

「いや、俺たちがやるべきことは警察に通報することだろ」

と口にしたところで、集落から俺たちを追い出したのが何者だったかを思い出した。

警察は当てにならない——そう言わんばかりに、七瀬が苦々しく笑う。

だがそれでも、俺は左右にぶんぶんと首を振る。

「なんであろうとも、あれを追うのはダメだ！　警察を頼れないなら、俺たちが昼間の氏子連中と揉めても誰も助けてくれないってことなんだぞ。俺はおまえの担当編集者だ、危ない目に遭うことがわかっている場所に担当作家をみすみす連れていくことなんてできるかっ！」

「あら、そう。だけど編集者だ、作家だと口にするのなら何か大事なことを忘れていないかしら？」

「……何をだよ」

「私は次の作品を作るための怪異譚の取材でここに来たのよ。怪異の真贋《しんがん》はともかく、あれ以上の取材対象なんてそうそうあると思う?」

鬼の姿をした氏子連中が、集落の禁忌を破った少女を片輪の曳山に乗せて攫っていこうとしている。その場面を七瀬は指さしながら、口角を限界まで吊り上げた悪そうな笑みを浮かべていた。

命に関わるだの、人が攫われただのというのも決して嘘ではないのだろうが、やっぱり本音はそこか、と爪が食い込みそうなほどに俺は拳を握りしめる。

まぁ——これだけ伝奇好きな七瀬が、すごすごと引き下がるわけがない。

「わかったよ! おまえ一人行かせるくらいなら、俺も一緒に行くさ!」

どこか勝ち誇ったような笑みを浮かべる、七瀬。

そのドヤ顔に俺は奥歯をぎりりと噛む。ついでに胃もキリリと痛くなりそうだった。

2

御一津神社の長い石段を下りている間に美希を乗せた曳山を見失ったが、どこにいるのかは簡単にわかった。

ガラガラ、ガラガラ——と、遠くから車輪の音が聞こえていたからだ。

決して広くはない集落の中で音のする方角へと足を向けると、曳山を牽いた連中の背中を、道の先に捉えることができた。

「まるで自分たちの居場所を教えているみたいな音だよな」

「あの車輪の音はたぶんそういうことでしょうね。この音が聞こえてきたら絶対に外を見るなと、あえて大きな車輪の音を出して集落の身内に警告をしているのよ。見てはいけないあの祭りを見れば祟りに遭わされる、ああして鬼が攫いに来るとね」

曳山が、ゆっくりと集落の中心を貫く目抜き通りに向かって進んでいく。

おそらくは連中にばれたら、こうして遠くから見ている俺と七瀬もその祟りとやらの対象となるはずだ。あの人数が襲ってくる様を想像して、言い知れない不安を感じた。

とはいえ幸いなのはあの身内に警告する車輪の音のおかげで、俺たちの会話なんかも連中には聞こえていないということだろう。遠くまで響くあの車輪の音が、家々の陰に隠れながら後をつけている俺たちの足音すら消してくれる。

民家もまばらな小道を通り抜け、曳山が集落の目抜き通りへと出た。

それにしても境内から遠目で見ていたときはさほど感じなかったが、こうしてある程度近づいて後ろから見ると本当に歪な曳山だと実感する。

箱形の車体は一般的な祭りで見かける普通の山車のようなのに、しかし両輪なければならないはずの車輪が左側だけにしかない。当然それだけだと傾いて倒れてしまうので、右側には神輿を担ぐ棒のようなものが一本延びていて、鬼の面を被った男たちは棒を肩で支え無言のまま必死に曳山を前へと進めている。

身体を酷使しながら懸命に曳山を支える鬼たちの姿はまるで奴隷のようであり、さながら前を進む巡行は下僕を従えた貴人の輿の行列のようにも見えた。

そこまで一つにこだわるのかと驚きつつ、道沿いの看板に身を隠しながら一緒に後を追う七瀬に訊ねた。

「なあ、連中はどこまで行くつもりなんだ？」

「御神渡は氏子の住む里の様子を神様に披露する意味合いが強いのだけれど、今のこれは新しく神様になる人を乗せた大事な神事でしょうからね。この後の本格的な神事を執り行う上で、重要な場所に向かっている可能性が高いと思うわ」

「……案外に、集落に越してきたばかりの美希を歓迎して輿の上に乗せているだけとか、そんなオチだったりすることはないのか？」

「それですんで笑い話になるのなら、私は別にそれでもいいけどね」

そんなやりとりの直後、車輪の音がはたと止んだ。

曳山を追っていた俺たちは、道の端にあったバス停らしき丸太の掘っ立て小屋の中へ、慌てて身を隠す。

そうして小屋の中の暗がりから顔を出し外を覗き見れば、曳山を牽いて担ぐ連中が止まった場所は目抜き通り沿いにある広い駐車場だった。

駐車場の入り口には『三上病院』と書かれた看板が立てられている。三〇台は車を停められそうなその駐車場の奥には、田舎の集落にはあまり似つかわしくない三階建ての大きな病棟が建っていた。

「……変ね、集落内にこんな病院なんてあったかしら」

車輪の音が途絶えた今、七瀬が囁《ささや》くように声を潜めながらつぶやいた。

「いや、そうは言っても実際にそこにあるだろうが」

「でも私は、車を降りる前にカーナビでこの集落のめぼしい場所や建物を見ておいたのよ。記憶の限りではこの集落に病院なんてなかったわ」

「あのナビは古いからなぁ、もう一〇年以上は地図のＤＶＤを変えてないと思うぞ。おまえの記憶に間違いなければ、それより後にできた新しい病院なんだろ」

「……それぐらい変えておきなさいよ」

「文句があれば、俺じゃなくてうちの営業部に言ってくれ。そもそも今日びナビだってスマホで代用が利くし、道順さえだいたいあっていれば古くても問題ないだろ」

そんな便利な時代とはいえ、もし今スマホを開ければ液晶の灯りが漏れ、ここに人がいるぞと訴えているようなものになる。七瀬もそれを予見し、わざわざカーナビの地図を見て頭に入れておくなんて面倒なことをしたのだろう。

「だけどそうなると、この辺りの場所には確か――」

当惑しながらも七瀬が逡巡《しゅんじゅん》していると、これまで無言だった氏子連中の「そいやっ!」という大きなかけ声が、駐車場の方からいっせいに上がった。

驚いて駐車場へと目を向ければ、小さな家ほどの大きさもある曳山の一つきりの車輪が、完全に地面から浮き上がっていた。

鬼の面を被った連中が車体の下に体を潜らせ、背中全体で押し上げるようにし一トン以上はあろう曳山を持ち上げていたのだ。

持ち上がった曳山がゆっくりと回転する。どうやら下に潜った連中が小さく足を運んで、曳山を浮かせたままで一八〇度の方向転換をしようとしているようだった。

「……あれは、どんでんよ」

七瀬が小声で囁いた。

「どんでん?」

「曳山や山車を方向転換させる際、ああして持ち上げて向きを変えることをどんでんと言うの。普通は身動きがとれない狭い道なんかでやるものなんだけどね」

「いや、それならあんな広い駐車場の中、普通に大きく弧を描いて向きを変えればいいのに、なんであんな辛《つら》そうな真似をしているんだ?」

「小山のような曳山を持ち上げ危険を冒して回すどんでんは、牽き手にとっての見せ場なの。いわば参列者に披露する晴れ舞台——なのだけど、でもこれは人に見せるわけにはいかない秘祭。そうなるとどんでんを見せようとしている相手から考えても、この場所はやっぱり」

七瀬がやや興奮しながらつぶやく中、どんでんとやらが終わって、これまで見えなかった曳山の正面が俺たちの方へと向く。

同時に氏子たちの顔がこちらに向いたので、見つからないためにはいっそう気をつけなければならないのだが、

「あ——あああっっ!!」

曳山の舞台の上に乗っているモノを目にした瞬間、俺はあまりの驚愕《きょうがく》から無意識に叫び声を上げていた。

大きな人力車のようにも見える形をした曳山の、椅子の部分に当たる舞台に座った二つの存在。

その一つは気を失ったままうな垂れた美希であり、もう一つは、

——真っ赤な着物を着せられた、全てが片側しかない女のミイラだった。

片目、片足、片腕、片乳房——それは右と名の付くありとあらゆる体の部位を削ぎ落とされた人間の、干からびきった屍体だったのだ。

七瀬が「バカっ！」と小さく叫んで俺の口を手で押さえつけるも、すぐに「誰だっ！」という怒号が駐車場の方から上がった。

失態を反省する間もなく、ドタドタという氏子たちが駆け寄る無数の足音が聞こえてくる。俺と七瀬が隠れるバス停の掘っ立て小屋はすぐさま氏子たちに取り囲まれて、完全に逃げ出す機を逸してしまった。

「おいっ！　中に誰かいんだろ、出てこいっ!!」

小屋の正面に立つ氏子の一人が、赤く塗られている木製の鬼の面の下で吼《ほ》えた。

俺は目で「すまん！」と七瀬に謝るも、もはやそれどころではない。

観念した七瀬が大きなため息を吐き、それからゆっくりとバス停の小屋の外へと歩み出る。情けないが俺も、その後に続いた。

あらためて、近くで見れば見るほど曳山を牽いていた連中の姿は異形《いぎょう》だった。

たぶん手製であろう鬼の面は、どれもこれもが少しずつ形や大きさが違っている。その微妙な差がまるで個性のようであり、一人一人が別々の鬼のようにも見えた。さらには昼間に見た祭り装束の上に全員が蓑を羽織っていて、それはなまはげをどことなく連想させ、氏子たちの鬼らしさをいっそう引き立てていた。

人が出歩いてはいけない晩にそんな風に鬼に扮装《ふんそう》した氏子たちが、月明かりに身を晒すなり怖《お》じ気《け》づくこともなく腕を組んで仁王立ちした七瀬にざわつく。

「やっぱり、盗み見ようとしていたんじゃねぇか！」

「おまえら、昼間の――」

「面も被らず御一津様を見たからには、どうなるかわかってんのかっ！」

昼間以上に興奮し始めた男たちの怒声に、俺のノミの心臓がバクバクと激しく暴れる。

対して七瀬は、憤る氏子たちを小うるさそうな表情で睨み返していた。まるで動じないその様子は頼もしくもあるが、しかしそれで事態が好転するわけではない。

なんとか逃げ出す手はないかと、焦りながらも思考を巡らせていると、

「だからあれほど昼間に忠告したのですよ。――本当に困った人たちですな」

嗄《しゃが》れたその声がするなり、氏子たちのがなり立てる声がぴたりと止まった。

屈強な男たちで作られた輪の一部に、すっと道ができる。そこから現れたのは、周囲の男どもより二回りは体が小さいものの、一人だけ鯉口シャツではなく威風堂々とした袢を着た男だった。服装や体型、先ほどの声からしても間違いない。

俺と七瀬の前に立ったこの男は、昼間に会った御一津神社の宮司だ。

宮司の被った鬼の面は、一人だけ形が違う。周りの氏子たちの面がどれも目が二つに角も二本なのに、宮司の面は顔の中央に大きな目が一つと、額の真ん中から太く大きな角が一本生えただけ――その姿はまさに一つ目の鬼、そのものだった。

「さて何か言いたいことがあるのなら、先に話を聞いておきましょうかな」

まるでネズミをいたぶる猫のごとく、底意地の悪そうな声が一つ目の鬼の面の下から聞こえた。

俺としては無理を承知で走って逃げてみるか、それとも言い訳なんてしないで命乞いをするか、そのどちらかにすべきだと思うのだが、

「人の肉や血はいずれの時代の思想にても、我国では決してご馳走《ちそう》には非ず――これは日本で一番有名な民俗学者の言葉だけれども、仮に実際に食べなくても、この集落では外から来た人間は自分たちの生活を豊かにするための食い物と同じよね。人を攫うあなたたちの祭りは私にはそう見えるのだけど、正解かしら？」

俺たちを取り囲む氏子たちがあからさまに狼狽《ろうばい》した。何人かは七瀬を取り押さえようと足を踏み出すが、それを宮司が手をかざして制す。

「何のことかさっぱりですよ。あなた方のような都会の人間からすれば奇異な祭りかもしれませんが、この集落では何百年も前から続いている伝統ある祭りでしてね」

「……伝統ねぇ」

七瀬が胸を反らしながら、宮司の言葉を鼻で笑った。まったく立場を弁えないその不敵な態度に、むしろ周りの氏子たちの方が少し動揺する。

「六部《ろくぶ》殺し、と呼ばれる伝承の系統があるわ」

六部殺し――その単語が出た途端、面越しであっても宮司の表情が固まったのがわか

った。

「それは集落という共同体の外からやってくる六部や旅人などを、客人神《まろうどがみ》という福の神に見立てて殺しては金品を巻き上げるという一連の伝承群のことよ。このとき捕まえた人間は決して逃げられぬように、片足を折って片目を潰したという話もある」

宮司は動かない、しゃべらない。ただ鬼の面越しにじっと七瀬を睨み続けている。

「御一津神社の由緒書きを見ると、この地にやってきた侍が集落の貧しさを見かねて御一津様をこの山に勧請《かんじょう》したとある――これはつまり、外部から来た人間に唆《そその》かされてこの集落の人間は六部殺しを始めたということではないかしら？　そして捕まえて金品を奪ったあとは、逃げられないよう片目を抉《えぐ》って片足を切るも、死者の祟りを恐れて殺すのはためらい、山の奥へ閉じ込めて外から富を運んできた神様として生きたまま集落の皆で崇めた。

――私には、御一津様とやらの始まりはそんな風に思えるのよね」

七瀬が意味深にぐいと口角を上げる。

すると黙って聞いていた宮司が、冬の夜空に木霊するほど高らかな笑い声を上げた。

「面白い話ですが、はてさてどうなのでしょうな。とりあえず私は言いたいことがあれば聞くと申しましたが、あなたの問いに答えるなんて申していません。全てはあなた方のご想像にお任せしましょう。

それにしても……あなたはどうも豊かな想像力をお持ちのようだ。どうです？　これから先はその妄想を活かして小説家でも目指してみてはいかがですかな」

小馬鹿にしたように声を荒らげる宮司だが、これには七瀬も俺も苦笑せざるを得ない。

「どうやら一つしかないその面の目は本当にただの節穴みたいね――私はもう、とっくにデビュー済みよ」

意表を突かれ、宮司を含めた鬼どもの間に呆気にとられる雰囲気が僅かに漂った。

しかし弛緩《しかん》したのは束《つか》の間《ま》で、宮司が咳払いをするとすぐにもとの空気に戻る。

「……まあ、御一津様を見たあなたがたの処遇はあとに回します。とにかく今夜は大事な秘祭の晩です。これ以上は邪魔されないよう、大人しくしてもらいましょうか」

宮司が顎をしゃくると、取り囲む氏子の一人が前に出た。宮司よりも頭二つ背が高く、俺と比べたって上腕や胸板が一回り以上も太い大男だ。

思わず後退《あとじさ》りしそうになってしまう俺だが、しかし七瀬はまるで怯《ひる》むことなく、偉そうに腕を組んだままその場から一歩も動く気配がない。その怖じ気づかない態度が気にくわなかったのか、大男は俺より先に七瀬に狙いをつける。

そして七瀬に向かって腕を伸ばした直後、大男の体がドスンと音を立てて地面に転がった。

大男は自分の身に何が起きたのかまるで理解できていないらしく、大の字になったまま面から覗く目をきょとんとさせている。

だが横で見ていた俺と宮司たちは、七瀬がまるで手品のように大男を投げ飛ばすさまを目の当たりにしていた。

まずはタートルネックの襟首に迫ってきた男の手を、七瀬が身体を半歩ずらして躱した。そのすれ違いざま、躱した手首を右手で握るなり七瀬が男の肩を軽くポンと叩くと、たったそれだけの動作で七瀬の体重の二倍はあろう男の巨体がぐるんと宙を舞ったのだ。

左手を体の軸の中心に置いて右手は腰元に添え、一歩引いた左足の爪先を外へと向ける、構えであって構えでない半身《はんみ》という体勢を、氏子たちに向かって七瀬がとった。

急に近づきがたい気配を全身から立ち上らせ始めた七瀬に氏子たちは呆気にとられ、一方でその様を横から見ている俺は七瀬のとあるプロフィールを思い出していた。

……そういや七瀬の奴、合気道の黒帯を持っているとか前に言ってたな。大学時代に部活に入って段位を取得した、とか。

はたと我に返った氏子二人が、仲間の敵とばかりに七瀬に襲いかかってくる。しかし先ほどの大男を投げたのとほぼ同様の動きでもって、この二人も七瀬はそれぞれ見事に投げ飛ばした。

――というか、高校を卒業してから俺と再会するまでの間に、七瀬はどんだけいろんな経験をしているのやら。こいつ、万能か？

そんな思いがちょっと脳裏をよぎるも、でも実際にはそれどころではない。いくら七瀬が合気道の有段者で強かろうと、こんな多勢に無勢の状況下で勝てるわけがないのだ。こんなのはただの悪あがき、時間稼ぎだ。むしろこの好機になんとか逃げ出す算段を立てなければ、すぐにどん詰まりになる。

そんなことを考えていたら、最初に七瀬に投げ飛ばされた男がむくりと起き上がるのが目の端に見えた。宮司たちと向き合う七瀬からはちょうど死角になっている。

音もなく立ち上がったそいつは、七瀬の背中に向けて狙いを定めると一気に駆け出す。手を伸ばして捕まえるのではなく、そのまま弾き飛ばしてしまおうという算段だろう。いくら七瀬でも女性、この重量差で突っ込まれたらたぶんひとたまりもない。

七瀬が思いきり地面に叩きつけられる――その様を思い浮かべた瞬間、俺の体は自然と跳ねていた。

今まさに七瀬に肩からぶつかっていこうとしていた男の腰に、ラグビーのタックルの要領で抱きついたのだ。

不意を打ったこともあって、大男の体がよろめき横倒しに転ぶ。

「今のうちに逃げろ、七瀬！」

俺は大男を押さえ込むべくしがみついた両腕に必死に力を込めるが、しかし悲しいかな、そこは編集作業に特化し日頃持つものといえば赤ペンか鉛筆ばかりな俺の細腕だ。体重を乗せてのしかかる俺をものともせず大男は半身をもたげると、忌《い》ま忌《い》ましそうに舌打ちしてから、俺の脳天へと太い腕の肘を垂直に落とした。

途端に星や火花どころではなく、俺の目の前で盛大な打ち上げ花火ほどの光がパァーッと瞬いた。

「なにやってんのよ！」

すぐそこにいるはずなのに、七瀬の声がやたら遠くから聞こえた。

気がつけば腕にも力が入らず、男に巻き付けていた俺の腕はするすると解けてしまう。腕だけではなく足からも腰からも力が抜け、まるで烏賊《いか》のように俺は俯《うつぶ》せで地面に倒れ込んだ。

「いいから……早く逃げろよ、七瀬」

なんとか喉から声を絞り出す。

宮司たちに背を向けて、七瀬が俺の方に向かって駆けてくるのが見えた。

あいつはなにしているのやら、逃げるのなら逆の方向だと――そんなことを思いながら、俺の意識はブツリと途絶えた。

3

カラカラと乾いた車輪の音が、遠くから聞こえる。

立ちこめた霧が視界を一面真っ白に染めていて、ここがどこなのか俺にはさっぱりわからなかった。

しかたがないのでその場でぼうっとしていたら、霧に浮かぶシルエットが濃くなってくることで、車輪の音の主であろう曳山が正面から近づいてきているのがわかった。

片側しか車輪がないのに、誰に支えられるでもなく独りで走っている歪な曳山。その細部まではっきりわかるほど近づいてきたところで――俺は、これが夢なのだと唐突に理解した。

「もし……そこの御方」

俺の頭よりもかなり高い位置、目の前に聳《そび》えた曳山の舞台から声がかけられる。

『〝もしもし〟と二つ重ねるのではなく、〝もし〟と出会い頭に一語で声をかけてくる奴がいたら、そいつは人ではなくて由緒正しい怪異の系譜に連なる妖怪の類いよ』

前に七瀬が言ったか、もしくはあいつの作中で書かれていた台詞だかが脳裏に蘇る。

まあ夢の中なのだから怪異と出会うことだってあるさ、と怖じ気づくことなく、俺は声のした舞台の方を平然と見上げた。

舞台には真っ赤な着物を着た髪の長い少女がいて、据えられた輿に座り俺を見下ろしている。歳は中学生ぐらいだろうか、こんな田舎には似つかわしくないほど白い肌に、純和風のあっさりした切れ長の目が印象的な、綺麗な少女だった。

そう――綺麗な少女であるのだが、しかし彼女の体は左側だけしか見えなかった。

それというのも舞台の天蓋から御簾が垂れていて、右半身が薄紫のベールに隠れていたのだ。御簾越しにうっすらと右半身の影が浮かぶものの、なんだかやたらと小さい気がする。

彼女に右半身はあるのか――そんな妙なことを、俺は考えていた。

しかしまあ、これは夢だ。

夢であれば不思議なことの一〇や二〇ぐらいはあろう。俺は疑問には思っても怯えることはなく、普段通りの声で少女に応じた。

「何かご用でしょうか？」

「あなた方は、これから行かれるつもりなのでしょう？」

……何を訊かれているのか、さっぱりわからない。行く？　どこに？

でもまあ、この人は「あなた方」と言った。それはつまり俺以外の誰かも一緒に行くということだ。そして俺を連れ回そうとする奴なんて、あいつしかいない。

あいつは夢の中でまで俺の行動を縛ってくるのかと、憂鬱な気持ちで肩を竦《すく》めた。

「ええと、言っていることの意味がよくわかりませんが、とにかく俺のツレはあんな性格ですのでね。もしあいつが行くと言っているのなら、絶対に譲らないと思いますよ」

苦笑する俺に、片側しか見えない少女がコロコロと笑った。

「あなた、なにやら楽しくて嬉しそうですね」

——まさかっ！　と、俺がいかに日頃から七瀬のせいで迷惑を被っているのか、それを滔々《とうとう》と説明するよりも早く彼女が口を開いた。

「もしよろしければ、これからあなた方が向かう先に私も連れて行って欲しいのです」

「いやいや、それはお勧めできません。七瀬に関わるとろくな目に遭いませんよ」

何しろ良い具体例が、目の前にいるのだから。

だがそんな俺の忠告もむなしく、彼女は軽く首を振って食らいついてくる。

「あなた方にご迷惑をかけるつもりはありません。連れて行っていただくだけでいいのです。あとは自分でなんとかいたしますので、どうかお願いいたします」

身分の高そうな少女が、真摯に頭を下げる。

彼女の事情はさっぱりわからない。

けれどもこれだけ必死に頼まれると、無下にもしづらい。

まあ、どのみち夢だしな——結局は、そういう結論になる。

「そこまで言うのならわかりました。いいですよ、お連れしましょう」

夢の中での約束がどうこうなるわけがなく、俺は安易に了承をする。

すると左側しか見えない彼女の顔が、ぱっ、という擬音がしそうなほど明るくなった。

「ありがとうございます。感謝をいたします」

そんな嬉しそうな顔を見せられたら、俺だって悪い気がするはずがない。

「私の次に選ばれた彼女のためにも、今のお約束をお忘れになることがないように。何《なに》卒《とぞ》よろしくお願いいたします」

少女が再び深々と頭を下げた。

どこに行くのかすら知らないが、だけどもまあどうにかなるだろうと俺は気楽に考え——そして、夢から目を覚ました。

4

目を覚ますと、周囲の景色が一変していた。

仰向けの俺の視界に映っているのは、岩でできた天井だ。その苔《こけ》むした岩の天井から白熱球が一つ吊られていて、時代遅れの赤く滲んだ光がぼんやりと辺りを照らしていた。

目と首だけを動かして周囲を確認すれば壁面も岩、床面だって岩。

おそらくここは、人の手で四角く掘られた岩屋《いわや》のような室《むろ》だった。

「……どこだ、ここは」

声を出した途端、猛烈な頭の痛みに襲われた。手で頭を抱えてみれば、頭頂部付近に信じられないくらい大きなコブができている。

まだ少しぼんやりとする頭でもって、俺は記憶の糸を手繰ってみる。

そう——確か、車輪が一つしかない曳山を七瀬と追いかけ、そこに乗っていた片側しかないミイラを目にしたところまでは、はっきりと覚えている。

それから俺が悲鳴を上げてしまって——、

「ようやくお目覚めね」

上半身をもたげた俺の背後から、七瀬の声がした。振り向けば、そこにはいつもの仏頂面をした七瀬が、腕を組み仁王立ちで立っていた。

「まったく……神様を目にしたぐらいで悲鳴を上げるとか情けない」

瞬間、脳天に肘を落とされて気を失うまでの記憶を思い出し、同時にぼやけていた意識が一気に覚醒した。

「お、おまえ……なんで逃げてないんだよっ！」

「無茶言わないで。私だって自分をかばって気を失ったあなたを見捨てて逃げられるほど、鬼畜じゃないわよ」

珍しく、ほとほと困ったような表情で七瀬が苦笑した。

言われてみれば、それもそうかとちょっと思い直した。誰だって自分を助けようとして意識を無くした人を見殺しにしては、寝覚めが悪いにもほどがあるだろう。

七瀬を助けるために勇気を振り絞った身としては、こいつが逃げていないのはある意味で落胆でもあるのだが、しかしそもそもの原因は俺の悲鳴であって、そこをとやかく言う資格は俺にはないなと思った。

とにかく、今は状況を整理しよう。

七瀬から話を聞けば、俺が気を失ってすぐに七瀬は宮司たちに投降したらしい。どう足掻《あが》いても意識のない男一人を連れて逃げるのは無理だと、そう判断したのだそうだ。

さらには、連中にとって今は特別に大事な秘祭の真っ最中。見てはいけない祭りを見た外部の人間をどうこうするより先に、中断できない秘祭をやり遂げることを優先するはず——であれば逃げる好機だって出てくるに違いないと、あの状況下で七瀬はそこまで考えたのだとか。

そしてその予想は的中し、宮司の指示のもと俺たちはとりあえず病院の中へと連れ込まれ、地下にあるこの部屋に閉じ込められたらしい。

あらためて周りを見渡してみれば、この岩室の出入り口は両開きの鉄扉だけ。あの扉さえ閉めておけば、ここは外に出ようのない地下牢《ろう》と同じだった。

立ち上がった俺は錆《さび》の浮いたドアを念のため押してみるも、当たり前ながら開くわけがない。数ミリの遊びがある手応えからして、たぶん外側から閂《かんぬき》状の施錠がされているのだろう。

自分の所持品を漁《あさ》ってみれば、スマホも財布も残っていた。こんな場所に人を監禁するにしてはずいぶん杜撰《ずさん》だと思うが、たぶん俺たちの身体検査をするだけの時間的余裕がなかったのだろう。ちなみに岩に囲まれた地下だけあって、スマホの電波はいっさい入らない。それも理解した上で、所持品なんかはそのままにしておいたのだろうが。

というかだ、よく考えればなんで三階建ての鉄筋コンクリート造りの病院に、こんな手掘りの地下牢めいた部屋があるのか。

その異常さに首を傾げていたら、

「御一津神社里宮《さとみや》――それが、この病院が建っている場所のかつての名前よ」

俺の疑問を察したように、七瀬がぼそりとつぶやいた。

「一〇年以上前のカーナビの地図では、この集落に病院は間違いなくなかった。曳山がどんでんをしたこの場所にかつてあったのは、里宮と記された御一津神社の分社よ。だからこの病院は御一津神社の分社を潰して建てたもので、たぶんこの岩室はもともと分社にあったものを遺《のこ》しただけなのだと思うわ」

「……はぁ。だけど神社を潰して建てたからって、それが病院の地下にこんな岩室を遺す理由にはなんねぇだろ」

「それがそうでもない。この部屋に放り込まれたおかげで、私もだいぶ核心が見えてきたわ」

と、暗い岩室の中を七瀬がすたすたと移動して部屋の隅に立った。その場所から俺を手招きする。

不審に思いながらもしぶしぶ近づいた俺は、途中で七瀬の足下に大きな丸い穴が空いていることに気がついた。それは知らぬ間に歩いていればそのまま落ちてしまいそうな、人などすっぽり嵌まってしまうほどに大きな穴だった。

「とりあえず、この穴の中を覗いてご覧なさい」

と、口角をニタリと吊り上げた七瀬の表情からは、嫌な予感しかしてこない。

正直なところ覗きたくなんてないのだが、この流れからして断ったところで仕方がないだろう。

やむなく俺は七瀬の隣にしゃがみ込むと、白熱灯の灯りが届かずに闇がたゆたっている穴の底を、スマホのライトでもって照らし出した。

——途端に。

「うわぁあっっ!!」

鼓膜が破れそうなほどの俺の悲鳴が、岩室の中に激しく木霊した。

「なっ……なんなんだよ、これはっ!?」

キーンとなった自分の耳を押さえながら、七瀬に向かって叫んだ。

七瀬も七瀬で、俺の悲鳴が予想以上に大きかったらしく、両耳を痛そうに塞ぎながら眉間に皺を寄せていた。

「あんた、肝が小さ過ぎよ。これらはね、元神様。神様だったモノよ」

「神様だったモノ？　……こんなおぞましいものが、元神様だって？」

「そうよ、大和も見たでしょ。これと同じのが鬼に扮した連中が牽くあの曳山に乗っていたのを」

言われて瞼の裏に蘇った曳山の上に乗っていたあの存在の姿に、俺は「うっ」と自然に呻《うめ》いていた。

岩室の隅の穴の中にあったのは、大量のミイラだった。

地の底と繋がったかのような大きな穴に、ミイラという名の人の屍体《したい》がみっしりと詰まっていたのだ。その数はざっと見ても数十は下らなくて、ミイラに隠れて見えない穴の底までの深さ次第では百にも達するかもしれない。

ミイラが団子状の塊になっている光景は、それだけでも十二分過ぎるインパクトがあるのに、詰まったミイラには全てある共通した特徴が存在していた。

——スマホのライトに照らされたミイラたちは、どれもこれもが片側のみ。

つまり美希と並んで曳山の上に乗っていたあのミイラと同じ、人の身体の右側の部位が、全て切除されるか潰された〝一つ〟きりのミイラだった。

「記紀に曰く――天地開闢《かいびゃく》によって生まれたこの国の最初の神たちは、七代目までは誰もが一人で子を生《な》し、そして独りきりで完成している〝独神〟だった。

原初の信仰において、一は最も尊い聖なる数なの。ゆえに多くの地方では転んだ拍子に木の枝で目を打ち片目になった産土神《うぶすながみ》の伝承があり、とある神社の神職は神に仕えるために自分で片目を潰さなければならなかった、なんて逸話が残っている。

つまり一つであるということは、偉大な原初の神と同化するための聖痕《せいこん》なのよ」

「……要はここにあるミイラは全て、その原初の神様に近づけるために片目を潰されたり、腕や足を切られた存在だってことか？」

「そうよ――とはいえ最初は自分たちの飢えを凌《しの》ぐために金品を奪った旅人を逃がさないよう、足を折ってから殺したのが始まりだと思うわ。だけどそのうちに殺した相手の祟りを怖れるようになって、御霊《ごりょう》として祀り上げるようになった。

捕まえたら生きている間に片目を潰して足も切り、原初の神に似せた生神にしてしまう。死んでからはその体を燻《いぶ》して神体にして、集落の外から来た人間がいれば社からその神体を引っ張り出してきては御神渡をする。そして何も知らない旅人がそれを目撃すれば見てはならない神体を見たと言いがかりをつけては捕まえて金品を奪い、その旅人をまた新しい神様に仕立て直していく——実におぞましい因習よね」

七瀬が苦々しそうにしながらも、どこか酷薄に笑う。

だが大量のミイラを前にその話を聞いた俺は、まったく笑えない。

「ちなみに私たちがここに連れこまれたときに、曳山に乗せていたミイラも一緒に運んできて氏子たちはこの穴に放り投げていったわ。それでこの部屋の役割もわかったの。かつて里宮という名前を与えられたこの場所は、古い神様を棄《す》てる場所なのよ。宮司たちは、御一津様を目撃した美希という新しい器を手に入れている。既に御一津様の神霊とでもいうべきものは、連中の解釈では美希の身体に遷《うつ》ったことになっている。ゆえに古くなった元神様を、ここに棄てていったのだと思う」

俺はおっかないのを我慢して、穴の中のミイラたちにまじまじと目を向けた。

山の一番上に積まれた、さっきまで曳山の上に乗って神様とされていたはずのミイラは右目の瞼が縫われていた。ミイラにしてから縫ったのでは、こんな風に乾いた皮だけを伸ばすことはできないだろう。

腕や足にしたって、切断された面に骨らしきものは見えない。だから生きているうちに手足を切られ、その後に皮膚だけが切断面の上に再生したに違いない。

つまりミイラとなったこの女性は、二つある全ての部位を切られて一つにさせられてもなお、しばらくは宮司たちによって生かされていたということになる。

その様を想像してしまい、俺はブルリと身震いをした。

「前時代的というか、どこの未開の地だよ。祭りを見た人間を攫ってきて手足を切るとか、平成すら終わったのにここは本当に日本なのか？」

「案外にね、人柱なんていう風習はこの国でもたぶんつい最近まであったのよ」

七瀬が、さらりと怖いことをのたまう。

「それに前時代的とかいうけれども、ここの連中はそれなりに現代に適合していて多分にしたたかよ」

「したたか？」

「大和が言ったように、確かに今は令和の時代だからね。どれほど連綿と続いてきた風習だろうとも、こんなのはただの犯罪よ。あえていうのならば、死体遺棄。だから宮司たちは分社を潰してでも、古くなった神様を捨てるこの場所を隠蔽したのだと思うわ。人の死体があっても不自然じゃない場所なんて、病院と葬儀場ぐらいでしょ？」

「……確かにな」

「それに昔ならいざ知らず、現代でこうやって人体の部位を全て〝一つ〟きりの姿にしようと思ったら、ちゃんとした医療器材があった方が圧倒的にやりやすいわよね」

七瀬の言葉の意味するところを想像し、またしても俺の背筋がゾッとした。

肩を竦めて身震いをしかけたその時、錆びた鉄が擦《こす》れる嫌な音が、急に扉の方から聞こえ始めた。

小刻みにキィキィと聞こえてくる甲高いその音の出所は、扉の向こう側だ。

たぶん誰かが扉の外の閂を外そうとしているのだろう。

扉の向こうに誰かいる――真っ先に思い浮かんだのは、鬼の面を被った宮司たちだ。

穴の中に証拠が捨てられているように、宮司どもは人を害することに躊躇がない。

来たのが連中であればすぐに隠れるか逃げるかすべきなのだろうが、この岩室には鉄扉以外の出入り口がなく、とっさに身構えた七瀬の横で俺はただおたおたとすることしかできなかった。

閂を床に置くゴトリという重い音が聞こえ、次に蝶番《ちようつがい》を軋ませながらゆっくりと鉄扉が開き始める。

扉の隙間から外の灯りが部屋の中に差し込んできて、その眩《まぶ》しさから目を細めた瞬間、

「八街先生っ!!」

岩室の中へと全力で駆け込んで来るなり、そのまま七瀬に抱きついたのは――鳥元茜音さんだった。

さすがに七瀬もこれは予想外だったようで、目を白黒とさせている。

「本当によかったぁ。私、先生たちのことすごく心配してたんですよ!」

茜音さんは七瀬の腰に回していた腕を放すなり、喜びを表現するかのように今度は七

瀬の手をとって何度も上下に振り回す。

「あ、ありがとう……でも、どうしてあなたがここに？」

呆気にとられながらも、なんとか七瀬が疑問を口にした。

すると茜音さんはばつの悪そうな表情を浮かべ、くるりと鉄扉の方に振り向く。

飛び込んできた茜音さんに気をとられたせいで気づくのが遅れたが、鉄扉の外にいつのまにか白いナース服の若い女性が立っていた。

ギョッとなった俺と七瀬に、ナース服の女性が深々とお辞儀をする。

それからすーっと再び上がった顔を見て、俺は息を呑んだ。中学生である茜音さんに一〇ぐらい歳をとらせたような、ナース服の女性はそんな顔をしていた。

「この度は妹がつまらない話をしたせいで、八街先生たちには大変なご迷惑をおかけいたしました。私は茜音の姉の、鳥元深緋《みあか》と申します」

――そういえば。

茜音さんの手紙には、確か七瀬のファンになったのは姉の本を借りて読んだことがきっかけだったと書いてあった。夜中に車輪の音が聞こえたか訊ねても「車輪の音なんか聞こえなかった」と応えたのは両親と、それから姉だったはずだ。

「……実は先生たちと別れてバスで集落の近くまで戻ってきたところで、迎えに来ていたお姉ちゃんに捕まっちゃったんです。そしたら『なんで今日に限って帰ってこないのよ！』ってすごい剣幕で怒られまして、それでいろいろと問い詰められているうちに先生たちのことを白状しちゃいました」

茜音さんが、遠い目をしつつ苦笑する。お姉さんからだいぶこってりとやられたのだろう。

当の姉である深緋さんは、愁いを含んだ瞳を申し訳なさそうに伏せていた。

「どうやらあなたは、この集落に鳴り響く車輪の音の正体を知っているようね」

「はい……私だけでなく、この集落の大人はみんな知っています。知っていて、でも定まった家の家長である氏子衆以外、誰もそのことを口にしてはいけない決まりなんです。

車輪の音が聞こえてきたら、誰も家の外を見てはいけない。それが何かを知っていても、祟りを怖れて口にすることすらしない。そうやって昔からの忌まわしい秘密を守ってきた——ここはそういう集落なんです」

——見てはいけない、口にしてもいけない。

それはまさに七瀬から聞いた片輪車の特徴と同じだった。

七瀬が大きなため息を吐きつつ、がしがしと自分の頭を乱暴に掻いた。

「なんというか、もっと詳しい話を聞かせてくれるのよね？」

「確かに、こんな風に閉じ込められた八街先生には知る権利があると思います。幸いなことに今夜の夜勤は私一人です。〝穢穴《けがれあな》〟と呼ばれるこの部屋に八街先生たちを閉じ込めた氏子衆も、祭りを続けるため全員が本宮と奥宮に向かいました。朝まで誰も戻ってきませんので、とりあえずナースステーションへ場を移しましょう」

　そう口にした深緋さんの表情は少し険しかった。たぶん誰にも話をしてはいけない集落の秘密を口にする、その覚悟をしたからだろう。

「それはありがたいわね、この岩室は寒くて寒くて。せめてお茶ぐらいはいただけると嬉しいのだけれども」

　不躾な七瀬の口調に、深緋さんは「インスタントがお口に合えばいいのですが」とやや困ったように苦笑いを浮かべた。

5

　インスタントと言っていたが、ナースステーション内のソファーに座る俺と七瀬に出されたのは高級ドリップコーヒーだった。

　どうやら看護師長のとっておきを拝借したようで、

「年のせいでもう物忘れが激しいから、使っちゃっても大丈夫よ」

と、お湯を沸かしながら茜音さんに説明する深緋さんの声がキッチンから聞こえた。

　真面目な茜音さんの姉らしからず、深緋さんはどうも大雑把で大胆な性格らしい。

それはさておいて。

毎年の二月三日の物忌みが終わってから廻ってきた回覧板に、二月八日の例大祭中止とその晩の物忌みのお知らせが載っていて、深緋さんは戦慄したらしい。

例大祭が中止となる年の事八日の晩は、新しい御一津様が生まれる夜だ。

二月三日の晩の御神渡にて御一津様を目撃してしまうと、その者が次の御一津様の御霊が入る器になると家々では密《ひそ》かに伝えられている。

ゆえに、新しい御一津様を鬼たちが迎えに行く夜。

集落の禁忌を知らず御一津様を見てしまった余所者を攫っては、本宮よりもさらに山の上にある奥宮へと連れて行って閉じ込め、次の御一津様にして祀るのだ。

――この集落は、御一津様によって成り立った集落だ。

旅人に扮した御一津様の化身が外から富を持ってきてくれるから、自分たちの先祖はこの集落で生きていくことができたと、誰もがそう子どもの頃に聞かされる。

慈悲深い御一津様の御神体を集落の人間は見てはいけない、出逢《であ》ってもならない。

御一津様を見てもいいのは、人ならざるモノだけ。

精進潔斎をして人の穢れを削ぎ、面と蓑を被って鬼に身をやつした氏子衆だけが、御一津様の御渡りに同行できる。

鬼と化していない者がその姿を見てしまえば、御一津様の神霊はその者の中へと遷ってしまう。そして選られた者は、次の御一津様にならなければならない。

だから物知らぬ集落の子どもが間違って御一津様を見ないよう、物忌みの晩は「外を見れば一つ目の鬼が攫いにくる」と、どの家でも脅して戒めてきた。

そうして集落の一員と認められる歳、元服である一五歳を迎えると、子どもたちはこの集落に纏《まつ》わる怖ろしい風習の全貌を知らされることになる。

両親から御一津様の真実を知らされた日の夜、深緋さんは怖ろしくて、そしておぞましくて眠れなかったという。

同時に集落で起きたとある事件の意味を理解し、心の底から震えた。

それは今から一〇年前のこと。深緋さんは当時一四歳であり、まだ集落の秘密を知らされていなかった。

その年も、毎年節分の晩だけで終わるはずの物忌みが、二月八日の晩にも執り行われた年だった。

既にこの集落の風習はどこかおかしいと思い始めていた深緋さんだが、両親からきつく言われて二度目の物忌みの晩を家の中で過ごした翌朝、集落からは一人の少女が忽然《こつぜん》と姿を消していたのだ。

その少女は深緋さんの同級生で、集落に越してきてからまだ一年と経っていないものの、気の置けない間柄の親友だった。

突然に彼女が消えて、深緋さんは憂い心配し、時に行方を捜して回った。

しかしその一年後、御一津様の真実を教えられたとき、深緋さんは彼女がどうして消えてしまったのか、そして今どこにいるのかを悟った。

「……もうおわかりでしょうが、物忌みの晩に出歩いたり外を見たりすると鬼が攫いに来るという伝承は、この集落では本当のことです。

だからこそ今日に限って茜音の帰りが遅く、本当に焦りました。これまで学校帰りに茜音が寄り道したことなんてなかったので、私も両親も油断していたんです。家に帰ってきてから、今夜は外を見てはいけないと、そう告げればいいと思っていたんです。

……来年には茜音にも本当のことを伝えなければならない、それを思うと私も両親も自然と口が重くなっていたのだと思います」

堅い表情の深緋さんが、応接セットのソファーで自分の隣に座る茜音さんの顔をチラチラ見ながら話を進める。

「まだ何も知らない茜音が夜の集落の中を歩き、御一津様と出くわしてしまえばとんでもないことになる。だから私は茜音が帰ってくるのを、集落の外のバス停で待ち構えました。茜音はかろうじて日暮れ前にはバスで帰ってきたものの、それでも間に合わないかもと判断した私は、今夜当直することになっていた勤め先のこの病院に茜音を連れて避難したんです。それから遅くなった理由を問い詰め、それで茜音が八街先生たちと会っていたということを聞き出しました」

　自分で集落の人たちに秘密と言った手前なのか、茜音さんはしゅんとうな垂れたまま俺と七瀬を上目で見上げた。

「最初は八街先生と会っていたなんて話は口から出任せだろうと信じていませんでしたが、そのうち御一津様の曳山がこの病院の駐車場に到着すると、何やら外の様子がおかしいことに気がつきました。とはいえ私も茜音も決して外を見るわけにはいきません。そのうち穢穴に古い御一津様を納めるべく氏子たちが入ってきて、それを隠れて見ていた私と茜音は声が出そうなほどに驚きました。

　だって今しがた妹から名前を聞いた、私もネットのインタビューで顔を知っていた八街先生が、氏子たちに連れられて一緒に入ってきたんですから！」

　これまで淡々としていた深緋さんの口調に、急に妙な熱がこもった。

　そういえば茜音さんが読んだ七瀬の本は、深緋さんの本棚から借りてきたものだと言っていた。それは深緋さんが七瀬の著書を買ってくれていることを意味し、そしてシリーズ全てを買ってくれているからには妹同様に七瀬のファンだということなのだろう。

　姉妹揃って俺が担当している作家のファンだなんて、こんなときでもなければ御礼を言って七瀬ともども歓談に興じたいところだが、もちろん今はそんな場ではない。

「それで穢穴に八街先生たちが閉じ込められるのをこっそり見た後、病院から出ていった氏子衆が戻ってくる気配がないのを確認してから、こうしてお迎えに上がったわけです」

ひとしきり語り終えた深緋さんが、手にしていた自分のコーヒーカップをローテーブルの皿の上に戻した。

「八街先生たちには、本当に申し訳ないことをしたと思っています。不用意に妹が口外してはならない集落の伝承の話なんかをしたせいで、こんなことに巻き込んでしまいまして……」

「いや、それに関しては怪異譚を聞かせてくれと募集していたのはこちらですし。さらに余計なことに首を突っ込んだのは、自業自得な面もありますので」

というかその点に関して、俺はほぼ全面的に七瀬が悪いと思っている。俺があれだけ止めたのに、七瀬はほぼ興味本位でここまで突っ走ってきたわけだからな。

少しだけ非難を込めた目を隣に座る七瀬に向けるも、当の本人はまるで他人事《ひとごと》のように涼しい顔でコーヒーを啜っていた。

「それでですね……ご迷惑をおかけしたのに厚かましいのですが、八街先生たちには一つお願いがありまして」

「このまま全てを忘れて集落から出て行って下さい――そう、頼みたいのでしょ？」

言いたかったことを先に七瀬に口にされてしまった深緋さんが、おずおずとうなずいた。

「……はい、その通りです」

「まあ、そりゃそうよね。私たちがあのまま宮司に捕まったままだと、茜音さんが集落のタブーを外の人間に話したことがばれてしまう。だからこそ妹のしたことの証拠隠滅のため、私たちをあの地下室から助けてくれた。——そういう理解でいいかしら？」

深緋さんが七瀬から目を反らす。返答がないことが七瀬の問いを肯定していた。

しかし理由はどうあれ、俺としては閉じ込められていた地下室から出してくれた上に、このまま逃がしてくれるというのだから文句なんてあろうはずもない。むしろ七瀬の言い方に「おい、さすがにそれはないだろ」と抗議の声を上げようとしたところ、これまで黙っていた茜音さんがいきなり立ち上がった。

「ねぇ、お姉ちゃん……それじゃ、連れていかれた美希はどうなるのっ!!　八街先生たちを見逃してくれるのは嬉しいけれども、だったら美希はっ!?」

食ってかかってきた妹に、深緋さんがすーっと目を細めた。

「御一津様を見てしまった者は、次の御一津様にならなければならない——そういう決まりごとなのよ。私たちが生まれた集落では、もう何百年も前からそう決まっているの」

御一津様になる——それが何を意味しているのか。深緋さんが穢穴と呼んでいる岩室の中で、俺はそれを嫌というほど目撃していた。

本来であれば来年に御一津様に纏わる真実を教えられるはずだった茜音さんも、ここまで関わってしまったからなのか大まかなことは深緋さんから聞いているようだった。

「決まりごとって……そんなことで手足を切られて神様にさせられるとか、許されるわけないじゃない！　そもそも美希は、まだうちの集落に来て半年だよ。小さい頃からずっと節分の晩は外を見るなと躾けられてきた私とは違うんだよ。それなのに外を見たぐらいのことで攫って勝手に神様にするとか、そんなの卑怯《ひきょう》だよ！」

たぶん――七瀬の話からすれば、この集落の人間は昔からそれを狙っているのだ。

集落の者ではなくあえて外から来た人間を狙い、見てはいけない神様を見たという大義を隠れ蓑にして攫ってきては身ぐるみを剝ぎ全てを奪う。

これはそういう風習なのだと俺も理解し始めていた。

「別に卑怯でも何でも構わないわ。でもそれなら茜音は、これからどうするつもり？　そんなのはダメです狡《ずる》いですって、あのおっかない三上家の宮司さんや院長先生へ今から文句を言いにいくわけ？　仮にそれをやったとして、それであの人たちが『はい、そうですか』と御一津様の祭りをやめてくれると本当に思っているの？」

「それは……」

茜音さんの勢いがしおしおと萎《しぼ》み、そのまま口ごもる。

「あなただってうちの集落の人間なんだから、三上家の人間がどれぐらい怖いかはちゃんとわかってるよね。この集落の土地はもとは全て御一津神社の社領地、私たちが住んでいる家や畑もなにもかも、神職である三上家からの借地に過ぎないのよ。この集落の人間はね、誰もが御一津様の土地に住まわせてもらっているのよ」

自分で口にしながら、深緋さんが己の下唇を嚙みしめていた。

「茜音はまだいいわよ。このまま何年かして学校を卒業すれば、やりかた次第ではうまくこの集落から逃げることもできるでしょうよ。だけどこの集落で生まれ育ち、これからもこの集落で生きて行くしかないと考えているお父さんとお母さんの立場はどうなると思う？　看護学校を出たら外で働こうと思っていたのに、三上の家に請われたせいでこの病院に勤めざるを得なくなった私の気持ちはどうなるの？　集落の他の人間たちだって宮司の血筋には逆らえない。三上家が嫌った人間を同じように白い目で見なければ、今度は自分の家が三上家から疎まれてしまう。

――茜音は、私たち家族みんなを不幸にしたいわけ？」

黙したままの茜音さんが、膝の上に載せた拳をぎゅっと握りしめた。

他人事ながら、それでも酷い言い方だと感じた。自分自身ではなくて家族が不幸になる、それを簡単に是とできる奴は何かが壊れている人間だ。

けれども同時に、ひょっとしたら深緋さんもかつて似たようなことを誰かに言われたのではないかと、そんな想像も頭をよぎった。

一〇〇年、二〇〇年前ならいざ知らず、現代の日本で誰がこんな怖ろしい因習を好きこのんで受け入れるというのか。

深緋さんだって初めて両親から聞かされたときは戦《おのの》き、戸惑い、そして悩んだだろう。だけど両親とまだ幼かった妹のために、集落の外の人間には決して口外しないことを誓って素直に受け入れる、そういう選択肢を選んだのだと思う。

嫌だと言って集落の禁を破ろうとすれば、自分以上に家族が酷《ひど》い目に遭わされる。だからこそ身内のために誰もがこぞって口をつぐみ、そして同じ気持ちを抱えた集落の者同士で互いを監視しつつ身を寄せ合う。この集落はきっと、そんな葛藤の積み重ねでもって今日という日まで続いてきたのだと思う。

俺は、そう感じずにはいられなかった。

姉の言葉に耐えるようにうつむいたまま、茜音さんが口を開いた。

「……私だって、お父さんもお母さんも、お姉ちゃんだって不幸になんかしたくはないよ。だけどね、美希だって私にとっては大事な友達なんだよ。

この集落には私と歳の近い子どもなんていなかったから、美希はバスに乗って一緒に学校に通ってくれた私の初めての友達なんだよ。地味な私のことを、美希があまり好きじゃないことはちゃんとわかってる。だけどそれでも私と同じ集落に住んでいて、同じ場所で同じ時間をともに過ごしてくれる友達は、美希だけなの。……美希ね、私が持っていった八街先生の本を借りてくれたの。美希が小説なんて読まないのは知ってて、迷惑なのもわかっていたけれど、それでも私が面白いって言った本を受け取ってくれたの。きっと開いただけで一ページも読んでいないと思うけれど、それでも私が面白いと思ったものを美希も一緒に手にしてくれたんだよ。

お姉ちゃんはそんな美希のことを私に見捨てろって、そう言うのね？」

姉を見据えた茜音さんの目から、ボロボロと涙がこぼれ出して膝の上に落ちた。

「……お願いだから、ちょっとは聞き分けてよ」

深緋さんが辛そうに妹から目を反らすも、その直後には我慢しきれなくなったようにギリッと奥歯を噛みしめた。

――そして。

「茜音だけじゃない！　私のときだってそうだったんだからねっ!!」

子どものように我を忘れて、心底悔しそうに深緋さんが叫んだ。

これには茜音さんの涙も一瞬止まり、姉の意外な言動に両目を大きく見開いた。

当たり前だが深緋さんだって、こんな狂った因習に納得をしているわけがない。

でも妹の茜音さんのため家族のため、この集落で生活するために様々な感情を呑み込んできただけのことだ。それが傍目《はため》にもわかるので辛い。

俺までもが妙にいたたまれなくなる雰囲気の中、しかし一人ソファーに背を預け、むすっとした仏頂面で二人の会話を聞いていた七瀬が口を開いた。

「深緋さん、お取り込み中のところを悪いのだけれども、さっきの全てを忘れて集落から出ていって欲しいというお願いの件、やっぱり承服しかねるわ」

いきなり何を言い出すのかと、鳥元姉妹も俺もいっせいに七瀬へと目を向ける。

三人の視線を一身に受けながらも涼しい顔をした七瀬は、

「私これから、鬼に攫われた樋代美希を取り返しに行くことにしたから」

耳にかかった髪を掻き上げながら、とんでもないことを口にしやがった。

頰を引き攣らせた俺が「……おいおい」といつもの口調で呼びかけるよりも先に、血相を変え深緋さんが口から泡を飛ばす。

「八街先生、やめてくださいっ！　――お願いですから、もうこれ以上この集落に関わらないでください。八街先生たちがまた氏子衆に捕まったら、私たち一家はもうこの集落では暮らしていけなくなります。本当に虫のいい話なのはわかっていますが、どうか忘れて欲しいんです。私たちのために、何も見なかったことにしてください！」

深緋さんの必死の訴えに、しかし七瀬はふぅと困ったようなため息を吐く。

「それなんだけど、本当はわかっているのでしょ？　もう穏便にというのはどうやっても無理よ。そもそも私たちがあの地下室から逃げ出せば、その手引きをしたと真っ先に疑われるのは今日夜勤をしている深緋さんよね。あなた、妹の罪を自分で被るつもりなんでしょ？」

その七瀬の言葉に反応したのは茜音さんだった。

仰天して姉の顔を覗き見る茜音さんから、深緋さんが気まずそうに目を反らす。

「それにね、もう私も他人事じゃないの。私はあの連中に顔を見られている。ちょっとネットで調べたら私の素性なんて簡単にばれてしまうわ。見てはいけない御神体を見た、知られてはならない祭りの真実を知った集落の外の人間を、連中は自分たちの保身のためにも祟りに遭わせて攫わないわけにはいかない。今ここでこの集落から逃げたところで、もう私たちだって危ないのよ」

俺たちの身も危ない、というのはたぶんその通りだろう。俺だって、ちょっとはそのことを懸念していた。だからいざとなれば、宮司の力も及びがたいはずの都内の警察に相談でもしようかと思っていたのだが――どうも七瀬の考えは違うらしい。

七瀬の口角が、なんとも悪そうにくいっと上がった。

「だからね、いっそこの御一津様の祭りの全てを白日の下に曝《さら》してしまった方がいいと思うの。皆の知るところとなれば、連中だって迂闊な手の出し方はできなくなる。

毒を喰らわば皿までよ、集落と御一津様に纏わる忌まわしい因習を、私が伝奇ホラー小説として書き上げて、そのまま世間様に発表してしまいましょう」

目を見開いたまま、深緋さんがあんぐりと口を開ける。

作品のアイデアにして欲しくて集落での怪異譚を手紙にしてきた茜音さんも、今の七瀬の提案に対する反応は姉と同じだった。

だから俺が、二人に代わって七瀬の暴論に突っ込みをいれる。

「……おまえ、この一連のことを作品にするって本気か？」

「当たり前でしょ。当事者を前に、こんなこと冗談では言わないわよ。

秘匿されているからこそ、集落の誰もが何も言えずに互いの顔色をうかがって監視し合うのよ。だけど秘密が秘密でなくなってしまえば、もう集落の秘密をばらした者を制裁する必要もなくなる。不安や恐怖からだって解放されるのよ」

深緋さんの目の色が少し変わった。

それは妹のしでかしたことを肩代わりし、どうやって両親とともにこれからも安穏に暮らしていこうか考えていた彼女からしたら、とても魅力的な話に聞こえたことだろう。

「でもな、それにしたって原稿書いて本にするまでにどれぐらいの時間がかかるか、おまえだってそんなことはわかり切ってるだろ」

業界の常識的にも、企画から本になるまでどんなに早くたって半年。むしろ一年や二年かかることとなんてざらだ。

「だったら、書き上がり次第、順にネットにアップしていきましょうか。私のＳＮＳで宣伝すれば、少なからず読んでくれる人がいるはずよ。閲覧数を稼いでから本にすれば、新規の読者開拓にもなると思うの」

……まったく、ああ言えばこう言い始める。

「それならなおのこと、俺たちは安全に集落の外まで逃げるべきじゃないのか？　危険を冒してまで美希を助けに行きそれで連中に捕まりでもしたら、茜音さんと深緋さんに迷惑もかかるし、作品も出版もあったもんじゃないんだぞ」

「美希は生き証人よ。まさに祭りの渦中に連れ込まれて攫われた少女。神様にさせられかけた彼女を取り戻して話を聞き出せば、いろいろなことがつまびらかとなる。――つまり、作品のクオリティが上がるのよ」

この期に及んで作品のクオリティときた。もう意味がわからねぇよ。

そもそも俺と七瀬は、ただの編集者と作家だ。探偵小説の探偵でもなく、刑事小説の刑事でもない。ちょっと売れているだけのホラー作家と、うだつの上がらないその担当編集者だ。

そんな俺たちがまるで冒険活劇のごとく、どうして犯罪そのものの危険な祭りの渦中に飛び込んでいかなくちゃならないのか。

当然ながら、それを疑問に感じるのは俺だけではないわけで、

「……八街先生、美希はあんなに失礼で酷いことを言ったのに、どうしてそこまでしよ

うとしてくれるんですか？」

　茜音さんがおずおずといった声音で七瀬に問いかけた。

　気後れしているような雰囲気の茜音さんに、しかし七瀬はここぞとばかりにニヤリと笑う。

「たとえ嘘でも、あの子は私の読者を名乗ったのよ。どうして助けに行くのかという問いにあえて答えるなら——プロの作家というのは読者の予想を裏切りつつも、期待には必ず応えていくものだからよ」

　決め顔とともに放った七瀬の答えに、茜音さんだけでなく深緋さんまで声を失う。

　——七瀬の言っていることはあくまでも作品の展開の話だ。実際に拉致された自分を、ファンで応援している作家が助けに来てくれることを期待する、そんな読者がいるわけねぇだろうが。

　でもきっと、こう言ったからには七瀬はどうあっても引かないのだろうな。

　予想を裏切りつつも、読者の期待には応える——それなら、日頃迷惑かけている担当編集者の期待にも、たまには応えてくれないものですかね。

　とりあえず今の俺には、頭痛がしそうな頭を抱えたまま、ため息を吐くことぐらいしかできそうになかった。

七瀬が止まらないのはどう考えても確定的だったので、

「それで具体的にはどうやって美希を助けるんだ？」

と半ば諦め交じりに訊ねてみれば、返ってきた答えはえらく雑なものだった。

「そんなのなんとでもするわよ。だから大和は安心して私についてきなさい」

美希を助ける上で、どうやら七瀬にもこれだという案があるわけではないらしい。

そうなれば、曳山を牽いていたあれだけの人数相手に二人で乗り込むとか、無謀もいいところだ。

「……正直、あんまり時間がないのよ。彼女を無事に助けようと思えばね」

微妙な顔で唸る俺を見て、七瀬が少しだけ真剣味の増した声で付け足した。

――とにもかくにも。

6

今の時刻は午前零時過ぎ、美希を助けに行く俺たちはナースステーションを後にして病院の外の駐車場にまで出た。

途端に冬の真夜中特有の切るような冷たい風に襲われ、俺はぶるりと身を震わせジャンパーの前を合わせる。

……本当だったら今頃は、温泉で温まった身体を旅館のぬくい布団で包み込み、美味《おい》しい日本酒の余韻にひたりながら微睡《まどろ》んでいたはずだというのに、どうしてこんなことになっているのやら。

「とりあえずは集落の外に出て車をとってきましょうか。美希を助けてから逃げるにしても、足は必要だものね」

茜音さんの話からすれば、山倉があった御一津神社本宮のさらにその上にある、奥宮という場所に美希は連れていかれて祀られるらしい。

必然的にあの長い石段をまた上る必要があるわけだが、車ではどうしたって無理だ。そうなると用意した社有車は少なくとも御一津神社の境内と繋がる石段の下に置いておくしかないわけで、仮に宮司たちから首尾良く美希を奪い返せたとしても、はたしてあの人数を相手に車まで走って逃げ切れるのかと不安になる。

しかし何か代案があるわけでもなく、足がなければ最終的に詰むのも確かだ。仕方なく置いてきた社有車まで歩いてとりに行こうとしたところ、駐輪場がある病棟の裏手から七瀬に向けて深緋さんが声を張り上げた。

「八街先生！　待ってください、よろしければこれ使ってください！」

そう言って茜音さんがリアシートを支え、深緋さんがハンドルを両手で押しながら俺たちの前まで引っ張ってきたのは、驚くほど大きなバイクだった。

「ヤマハのＶＭＡＸです。エンジンが一七〇〇ccありますから、これなら二人乗りどころか三人乗りしたってさして速度は落ちないはずですよ」

……排気量一七〇〇ccなんて、小型車を超えてもはや普通車のエンジンだ。そんなものを剝《む》き身でボディに積んだこの大型バイクの重量感は、さながら陸《おか》に揚げられた人食い鮫《ざめ》のようだった。

「こんなごついバイクをどこから持ってきたんですか？」

俺の問いかけに、深緋さんがほんの少しだけ頰を赤くする。

「あの……これ、私の通勤車です」

通勤用ということは、こんな化け物みたいなバイクに彼女は普段から乗っているということなのだろう。——大人しそうな顔をしてなんてもの乗ってんだよ、という言葉を俺はかろうじて吞み込んだ。

「ちょうど足をどうしようか考えていたところだから、借りられたら助かるけれど……でも、本当にいいのね？」

通勤車ということは、このバイクが深緋さんのものだと集落の皆が知っているだろう。そんなものに俺たちが乗っていれば、仮に美希を首尾良く助け出せたとしても、後から深緋さんがどんな目で見られるか——七瀬はそこを心配しているわけだ。

だが深緋さんは、慣れた手つきでバイクのセンタースタンドを立てると、俺たちに向かって振り向き微笑んだ。

「いいんです。私も覚悟を決めることにしました」

そして一緒に駐車場までバイクを運んできた茜音さんの肩を抱き寄せ、深緋さんはスマホを取り出すといきなりとある画像を開いて、俺と七瀬に向けて差し出してきた。

深緋さんの手の中のスマホを覗き込んで見れば、それは制服を着た二人の少女が並んで写った写真だった。

二人のうち一人は茜音さん——と思いきや、少し雰囲気が違う。

それで気がついた、たぶんこの少女は茜音さんと同じ中学校に通っていたときの深緋さんだ。

では隣のもう一人の少女はというと、なんだか見覚えがある気もするその子の顔をまじまじと見ているうちに……その顔をどこで見たのかはっと思い出した。

「これは唯一私の手元に残っている当時の写真でして、私の隣にいる子は今から一〇年前の二月八日に消えてしまった、私の親友なんです」

思わず「えっ？」という声が、俺の口から自然と漏れてしまう。

写真の中で屈託なく笑う、深緋さんが親友と呼んだ色の白い和風な顔立ちの少女。

その子は、岩室の中で気を失っているときに夢で見た——車輪が一つの曳山に乗って俺に声をかけてきた、左側しか見えなかったあの少女と同じ顔だったのだ。

急に血の気が失《う》せた俺の様子を気にかけ「どうかしたの？」と七瀬が訊いてくるも、俺は「……いや、なんでもない」と応じる。

というか——こんな馬鹿なこと、あるわけがない。

一〇年前に消息不明となった少女が夢の中で俺に語りかけてきたとか、そんなオカルトあってたまるかとすら思う。

だからこれは偶然か、もしくはただの気のせいだ。

俺は迷いを消すべく頭を左右に振ると、深緋さんが七瀬に向かって語り始めた昔話に意識を向けた。

——深緋さん曰く。

深緋さんの隣に写ったその子もまた、樋代美希と同じく外からこの集落に越してきた家の子だったらしい。

当時の深緋さんは今の茜音さんと同じ歳で、まだ御一津神社の祭りの真相を聞かされてはいなかったものの、この集落の風習は何か変だと察してはいたそうだ。

そんなおり、町からの補助金に惹《ひ》かれて名古屋からこの集落に移り住んできた家族がいた。

その家族には一人娘がいて、彼女は深緋さんと同じ歳だということもあって意気投合し、すぐに仲良くなったのだそうだ。

初めてできた集落での同じ歳の友人に深緋さんは何かと彼女の世話を焼き、彼女も見ず知らずの土地で心細かったので深緋さんを頼り、二人は学校への登下校はもちろん休みの日も常に一緒にいる仲になったらしい。

彼女とはきっと一生の付き合いになるだろう——子どもながらにも深緋さんがそんな風に考え始めていた矢先。

越してから一年も経たぬ二月八日の晩を境に、彼女は忽然と消えてしまった。

その夜は、突然の御一津神社からの御触れが廻ってきた、物忌みの晩だった。

節分の夜でもないのに、今夜も遠くから車輪の音が聞こえる——そんなことを深緋さんは思いながら寝つき、その翌朝に目を覚ますと、寝ている間に娘が煙のように消えていたと友人の両親は火が付いたように騒ぎたてていた。

それなのに集落の人間は「都会から来た娘だもの」と、誰も取り合わない。

呼ばれてやってきた集落出身の警官も「たぶん家出でしょう」と、一方的に決めつけてくる。

結局、いつまでたっても彼女が戻ってくることはなく、やがて失意を抱えたまま彼女の両親も集落を出ていってしまったのだそうだ。

深緋さんがその彼女と最後に交わした言葉というのが、

『……実はこの前の節分の晩にさ、私なんだか変なモノを見ちゃったんだよね』

『なにそれ、夢じゃないの？』

真実を知った今となっては、彼女が見たモノが夢でなかったことはわかっている。

まだ越してきたばかりで集落の禁忌を知らなかった彼女は、きっと節分の晩に車輪の音を気にして外を見てしまったのだろう。

そしてそのせいで、一つ目の鬼に攫われてしまったのだ。

「全てを知ってから、私は御一津神社に行くたびに社の背後の山を見て、そのどこかにある奥宮にいる彼女のことを思って胸が痛みました。あのときもっとちゃんと彼女の話を聞いてあげれば、私にもう少し勇気があっていろんなことを知ろうとしていたら、ひょっとして彼女をこの集落から逃がすこともできたんじゃないかと、そんな後悔を今でも抱えています。できるものなら、こんな思いを茜音にさせたくはないんです」

姉に肩に手を置かれたままの茜音さんが、無言のまま下唇を噛んだ。

「戦後の食うや食わずだったとき、御一津様の祭りはもっと酷かったと聞いています。集落の外から騙《だま》すように人を招き入れては、あの手この手で御一津様の御霊が遷ったと言いがかりをつけ、身ぐるみ剝いでは手足を切って祀り上げたと聞いています。そうして旅人から奪った金や食べ物は御一津様のご利益とし集落に分配され、それで当時の人たちはかろうじて飢えをしのいで生き延びた。そのときのことを知っている人もまだ生きていれば、そうやって生き延びた人の子や孫がこの集落の大多数なんです。

ですからこの集落の人間は宮司も御一津様も怖いのですが、自分たちの身内がしてきた世にもおぞましい風習が世に知られることも怖れています。集落のほとんどの人間は好きで御一津様の祭りをしているわけではありません。みんなもう終わりにしたいと思っているはずです。そんな私たちの気持ちに風穴を開けてくれるのであれば、──八街先生の新作、楽しみに待ちたいと思っています」

一連のことを作品に仕上げたいと言った七瀬への、これが鳥元姉妹からの回答なのだろう。

「そう……わかった。だったら絶対に面白い作品に仕上げてあげるわ」

鳥元姉妹は顔を見合わせてくすりと笑うと、二人同時に頭を下げた。

「「いつものように期待して待ってます」」

……なんというか、どっちもおかしい気がするのだが。

でもまあ古い因習に怯えながら住み続けるより、友人を見捨てて後悔をしながら日々を過ごすよりも、この二人のためには集落の秘密を暴いてしまった方がきっといいのだろうと思った。

しかしそれはそれとして、一つ困ったことがある。

それというのも決意とともに提供の申し入れがあった深緋さんのバイクなのだが、俺が所持しているのは普通自動車免許のみ。つまりは公的に乗れる二輪車は、五〇ccの原動機付き自転車までとなる。

この際公的かどうかは忘れるにしても、俺はこれまでの人生の中でミッションつきの本格的なバイクに乗ったことがない。ハンドルの左右についているレバーは自転車と同じくどちらもブレーキなのだろうかと、本気でそう思ってしまっているほどだ。

つまりこのバイクを貸してもらおうとも、運転ができない。

せっかくの厚意だが、ここは辞退して当初の予定通り社有車をとりに行くべきだと口にしようとしたところ、七瀬が何の躊躇もなく深緋さんのバイクに跨《また》がった。

「スカートが邪魔ね」

そう言うなり、俺の目も気にせずにロングスカートを腿の手前まで手で裂く。

そして慣れた手つきというか足つきというか、跨がったまま体重移動だけでセンタースタンドを外すと片足をついて倒れないよう支えながら、グリップとブレーキペダルの感触を確かめ始めた。

「……おまえ、まさかその大きさのバイクに乗れるのかっ!?」

「当然でしょ、この程度はたしなみよ」

何のたしなみだよと思うも、どうせまたわけのわからない返答がくるに決まっているので、それ以上は追及しない。

「――悪くないわね。でも、本当にあ、あ、あなたのこのバイクを借りていいのね？」

あえて〝あなたの〟という部分を強調して、七瀬が再び深緋さんに確認をする。

「ええ、いざとなったら茜音と両親を連れて夜逃げでもします。これでも看護学校を出ているんで、家族四人ぐらいどこででも食べていけますよ」

「……そう、わかった。ならありがたく、この単車を借りるわ」

こういうとき、本当に女性は強いと感じる。俺はいざとなったら、腰が引けてしまうタイプだ。根性が据わらず、怖じ気づいてあたふたしてしまう質《たち》だ。

だからもし高校時代のあのときに俺にもう少し度胸があれば、ひょっとしたら七瀬との今の関係ももっと違うものになっていた可能性もあるのだろうか。

そんな詮ないことを考えていたら、

「――おかしいわね」

不意に七瀬がつぶやいた。

どうやらバイクのエンジンがかからないようだ。

最初から手順に戻って、さしたままのキーをもう一度回す。それからクラッチレバーを握って少しだけアクセルを開きながら、七瀬がイグニッションボタンを押した。

プラグがキュルキュルという音を立ててエンジンに火をつけようとするも、しかしその先の反応がまるでない。

「夕方に茜音を迎えにバス停まで行ったときは、何も変なところはありませんでしたよ。

ガソリンだってまだまだ入っていますし、バッテリーもプラグも異常ないはずです」

七瀬と代わって深緋さんもエンジンをかけようと試みるが、やはりプラグが乾いた音を立てるだけでエンジン音は響かない。

今度はキックスタートでトライしてみるも、やはり結果は同じでエンジンはうんともすんとも言わなかった。

「……これ、絶対に変です。私は日々のメンテだってしてますし、今まで不調になったことすらないんですよ。それがこんなときに限って、急にエンジンがかからないなんて」

「そうね、ここぞというときにエンジンがかからないなんて、まるでホラー映画ね」

側面からエンジンを確認していた七瀬が、眉間に皺を寄せながらぼやく。

それは何げなく口にしたひと言だ。

でもなんだか妙に、俺の心にはひっかかった。

追ってくるのが幽霊だろうがゾンビだろうが、逃げるときにはどうしてなのか動かなくなるエンジン。それは本当にホラー映画の定番演出だが、はたして今のこの現象はただの偶然なのだろうか。

――いいですよ、お連れしましょう。

俺が口にしたその言葉は、夢の中でのものだったはずだ。

ただの夢の中での約束。

だけれども——、

「……なあ七瀬、ちょっとここで待っていてくれないか？　ひょっとしたらもう一人、俺たちと一緒に行きたがっている奴がいるかもしれないんだ」

「はぁ？　何をいきなり言ってるの？」

取り込み中の七瀬が目をぱちくりさせながら振り向くも、俺はそれに答えることなく病棟の方に向かって駆け出した。

鍵が開いたままの非常口から中へと入る。さすがに病棟の中では少しだけ足音を殺して、だけどそれでもなるべく急いで地下へと向かった。

廊下の突き当たりにある大きな鉄の両扉の外からかけられた大きな閂を外し、俺はほんの少し前まで監禁されていた岩室の中へと入った。

途端に異様なまでにひんやりした空気が、俺の身体を包む。

空調の利いた廊下より岩壁が剝き出しの地下の方が寒いのは当然だろうが、しかしこの肌にまとわりつくような不気味な寒さは、本当に自然現象だけなのだろうか。

思わず怯みそうになるのをなんとか堪え、俺は懐中電灯代わりにスマホのライトを灯す。そして岩室の片隅までカツカツと歩み寄ると、そこに空いた大きな穴を照らした。

最初に見たときは悲鳴を上げることしかできなかった、腕も足も一本きりの、身体の左側にしか部位が残っていないミイラたち。

ここは集落の人間が呼ぶところの穢穴。自分たちで捕まえて神様にしたくせに要らなくなったら棄てていく、地の底と繋がった廃棄場。

あらためてよく見てみれば、一番上に仰向けで積まれた髪の長い女性のミイラだけが、ホコリや土を被っていなくて新しかった。

きっと死後硬直のときのものなのだろうが、そのミイラは左側だけの腕をまっすぐ前に伸ばした姿勢をしていて、それはまるで俺に手を差し出しているようにも見えた。

——もしよろしければ、これからあなた方が向かう先に私も連れて行って欲しいのです。

夢の中で出会った、車輪が一つの曳山に乗った少女の言葉が鼓膜の内側で蘇る。

きっと……俺は仕事のし過ぎなのだろう。

七瀬の書いたホラーな原稿を読み過ぎて、あいつの突拍子もないイかれた物語の世界に脳みその芯まで冒され始めているに違いない。

フィクションはフィクションでしかないし、夢はどこまでも夢に過ぎない。

そのはず——なのだが。

無残にも右耳を削がれ右目を縫われたミイラの顔と、夢で見た少女の顔が重なった。

その顔は、写真で見せられた一〇年前に消えたという少女の顔とも同じだった。

「……わかりましたよ。わかりました、約束ですものね」

ぽっかり空いた左側のみの眼窩を見つめながら、俺の口から自然と声が出た。

そして自分でもちょっと信じられないことに、俺は突き出されたミイラの細い手を握ると、水分がなくて軽いその身体を穴の中から救い上げたのだ。

不思議と怖さは感じなかった。ミイラである以上、本質的にこれは人の屍体なのだが、それでも触れることへの抵抗感や忌避感はほとんどなかった。

俺はいったい何をしたいのか？　――そう、自問自答できるぐらいの自覚はある。

でも同時に、約束したからには守るのが当然だという思いが心の大半を占め、俺は穢穴の中から引っ張りあげた彼女を躊躇なく背負うと岩室を後にして、七瀬たちの待つ駐車場へと戻った。

駐車場では七瀬と深緋さんが、なんとかバイクのエンジンをかけようと変わらず四苦八苦していた。

バイクの横にしゃがみ込みエンジン周りの燃料系を確認していた七瀬に、俺は後ろから声をかける。

「なあ、七瀬」

「なによ、やっと戻ってきたわけ」

振り向いた七瀬が、目を開いたまま凍りついて息を呑む。いつだって俺を手玉にとる七瀬のレアな反応だが、しかしまあ今回ばかりは当然だろう。

何しろ俺の肩ごしから、頭蓋の形すらわかるミイラの少女が――宮司たちに棄てられた元神様が、胡乱《うろん》な眼窩でもって七瀬を見つめていたのだから。

「悪いんだが、もう一人同乗者を増やしたいんだ。なんだか、この子も行きたいと言っている気がしてな」

「……あなた、正気？」

七瀬が俺にそう訊き返した瞬間、駐車場全体にいきなり重低音が響き渡った。

ドドドッという腹の底まで震わせるエンジンのアイドリング音に続き、オイルの臭いが混じった排気ガス臭も漂ってくる。

バイクを挟んで反対側から燃料チューブを確認していた深緋《の》さんも、隣でしゃがんでいた茜音さんともども突然動き始めたエンジンに驚き飛び退く。それから戻ってきた俺に気がつき、同時に背負ったミイラを目にして立て続けに二度驚いていた。

さっきまではうんともすんともいわなかったバイクが、今は獣じみたうなり声を頼もしいほどに上げていた。

やっぱりな――と、我ながら思う。思えば奇妙な偶然だが、夢で約束した少女を連れてくるなりいきなりエンジンがかかったことに、俺は不思議と変だとは思わなかった。

俺のさも当然と言わんばかりの顔と、背負った元神様の顔を七瀬が見比べてから、エンジン音にも負けないほどに大きな笑い声を上げる。

「いいわね！　神様を不法投棄とか、やっぱりとんでもない話だもの。あの連中には要らなくなった神様だって大事にする、人に優しい心を教えてやるとしましょう。……それにその子を連れていくのなら、うまく連中を出し抜けるかもしれないアイデアがたった今浮かんだわ」

この期に及んでなお動じることなく、七瀬がニヤリと口元を歪めた。

そしてエンジンをかけたままバイクのスタンドを外すと、小刻みに揺れるシートへ跨がる。

ミイラなんぞを背負って戻ってきたのに、七瀬は一度驚いただけで「どうして？」とその理由を問おうとすらしない。むしろ「早く」とひと言だけ口にして、リアシートにタンデムするように顎でもって促してきた。

……まったくさ、かつては俺好みの内気な文学少女だったはずのこいつが、なんでこんな男前になっちまったのやら。

古い因習めいた信仰なんぞで人を攫って手足を切ろうとするような狂った連中から、たった一度面識があるだけの少女をこれから危険を冒してまで奪い返しに行くというのに、七瀬は震えることもなくただただ不敵に笑っている。

ここまでくると、もうなんだかこいつの男らしさに惚れてしまいそうだった。

いや——違うな、そうじゃない。

俺はもうとっくの昔の高校時代から、八街七瀬に惚れていたんだった。

ジャンパーをおんぶ紐《ひも》代わりにして、俺は元神様の少女を落とさないよう自分の背中にしっかり括り付ける。それから慣れない仕草でリアシートに乗ると、少しだけ恥ずかしさに気後れしそうになりながらも、七瀬の細いウエストに両手でしがみついた。

準備の整った俺たちを茜音さんは心配げな表情で見ているが、姉の深緋さんが見ているのは俺たちでなく、背負ったミイラの少女の顔だった。

……もし俺が背負った少女が、本当に消えてしまった深緋さんの友達であれば、二人は一〇年ぶりの再会をはたしたことになる。

思うことは山ほどあるだろう。そもそも最初は美希を助けに行くことに反対していたのに、今は自分のバイクを七瀬に貸してまで手伝ってくれているのが、深緋さんの複雑な気持ちを表している何よりの証拠だ。

深緋さんが何かを言おうと口を開きかけたとき、

——ドンッ！

という大きな音が辺りを囲む山々に反響して、集落中に響き渡った。

続いてもう一つ、続けざまにまた一つ。同じ音が何度も木霊し始める。

「……なんだ、この音」

「和太鼓、の音じゃないかしら」

七瀬に言われて得心する。確かに、なんとなく聞き覚えがあるような気がしていたが、この音は祭りのときなどによく叩かれている和太鼓の音のように思えた。

「……一〇年前と同じです。一〇年前の二月八日の晩も、この太鼓の音が響いていました。おそらく攫った人を神様にする儀式のときに出る悲鳴を隠したくて御一津神社の境内で叩くのだろうと、うちの親が前に言っていました」

とんでもない話を、しれっと深緋さんが口にする。

神様にする儀式——それが何なのかは、さすがにもう俺でも察せられた。

「ということは、いよいよもって時間がないということね」

これから向かう、太鼓の音の出所でもあるだろう御一津神社の方角を見上げ、七瀬がつぶやいた。

それを聞いていた茜音さんが駆け寄ってきて、七瀬に九〇度の角度で頭を下げる。

「八街先生！　美希のこと……どうか、よろしくお願いします！」

「安心なさい。私のプロットにはハッピーエンドしかないのよ。これまで書いた私の作品の中で、あなたが納得できなかった結末のものがある？」

……また、わけのわからんことを言い出したよ。というかホラー作家なんだから、普通におまえの書くプロットにはアンハッピーエンドだってなくちゃダメだからな。

とはいえこれで少しでも茜音さんが安心できるならと、無粋なことを口にするのはやめた。

ギアを一速に入れてクラッチを繋ぎ、七瀬がエンジンを吹かす。回転数の上がったエンジンの重低音を、太鼓の音がいい按配《あんばい》に消してくれていた。

これなら連中に気づかれる前に、先手を打てるかもしれない。

心配そうに見送る鳥元姉妹を尻目に、背負ったミイラの少女を含めれば三人乗りとなるバイクが、御一津神社の方面に向かって猛スピードで走り始める。

……本当にどうしてこんなことになったのか。

背負った元神様に心中でお訊ねしてみるも、答えはもらえそうにはなかった。

四章　妖怪の女王と、伝奇好きなホラー作家

1

目を覚ましたとき、樋代美希は自分がまだ夢の中にいるのかと思った。

やたらと大きくて重い耳障りな太鼓の音が、一定のリズムで耳をつんざいてくる。鼓膜の裏側に刺すような痛みが走って耳を手で押さえようとするも、どうしてか腕が上がらなかった。

プールの中で走ろうとしてもがく感覚を、何倍も強烈にしたようなもどかしさ。夢の中で逃げようとして思うように逃げられない、あの感覚と似ていると美希は感じた。だとしたら、やっぱり自分はまだ眠っているのだろう――そう思って再び微睡みかけたところ、

――ドンッ！

ひときわ大きな太鼓の音で頭蓋が震え、美希の意識はようやく覚醒した。

…………どこなの、ここは？

目を開けたとき、最初はまったくの暗闇だと思っていたがやがて目が慣れてきて、薄い布越しに染みてくる月明かりでもってぼんやりと周りが見え始めてきた。

美希が今いるのは、極めて狭い空間だった。どうやら横座りの姿勢のまま寝ていたようだが、見上げたすぐそこに天井があって、とても人が立てる高さはない。四方も一辺が両手を伸ばせば届く程度の幅しかなかった。

しかもこの空間は上下に激しく揺れており、壁の代わりに垂れた布がひらりひらりと波打っている。

布の向こう側からは大勢の人たちの息遣いが聞こえ、それで美希はどうやら自分が神輿のようなものに乗せられ、どこかに運ばれているのだと気がついた。

同時に、気を失う寸前の光景が美希の脳裏に蘇ってくる。

——家の中に押し入ろうとして、壁を叩き続けていた無数の鬼たち。

——片側しか車輪のない車でもって、自分を迎えに来た妖怪たちの女王。

あれらは夢だったのか、幻だったのか。自分が目にしたものが今さらながら信じられなかった。

しかし現実離れしたおかしな状況は今も同じであり、なにはともあれこの狭い場所から這い出そうと思ったところ、美希は自分の腕がぴくりとも動かないことに気がついた。

腕だけじゃない。腕の先にある指も、それから腰も足も、首から下の全身がまるっきり動かなかった。

最初は寝起きで感覚が鈍っているのかと思ったが、そうではない。美希は四肢に力が入らないこの感覚を、過去に経験したことがあった。

あれはまだ集落に越して来る前のことだ。美希は自転車に乗っていて転倒し、腕を折るという事故を起こしたことがある。そのときに局所麻酔で手術を受けたのだが、今の状態はあのときの身体の輪郭がぼやけた不思議な感覚にそっくりだった。

……私、寝ている間に誰かに麻酔を打たれたの？

その怖さに気がつき、さーっと美希の顔から血の気が引く。

さらに言えば、家にいたときは学校の制服だったのに、今の美希は女王が着ていた真っ赤な着物に着替えさせられていた。

鬼はきっと麻酔なんて使わない。金縛りとかそういうオカルト現象は起こすのかもしれないけれど、でも局所麻酔で身体の自由を奪う妖怪なんているわけがない。

だとすれば、この状況は――。

不意に御簾が大きくはためいて、月に照らされた外の状況がこれまでよりもはっきりと見えた。

――美希の、思った通りだった。どうやら自分は神輿に乗せられ、それを祭り装束の上に蓑を羽織った鬼たちが担いで、どこかへと運んでいるのだ。

正確に言えば、自分を連れて行こうとしているのは鬼ではない。輿に乗って上から見下ろすことではっきりわかった、鬼の顔はただの面——どいつもこいつも、ただ鬼の面を被っただけの人だった。

輿に最も近い場所で担ぎ棒を支えた男の顔がちらりと覗けたのだが、名前こそ知らないものの、それは集落の目抜き通りで酒屋を営む見知った中年男性だった。

あぁ……と、自分でも知らぬうちに美希は心中で呻いていた。

遠目で見ていた限りでは鬼だと思っていた。でもこうして息遣いがわかるほど間近で見てみれば、それが人間なのはあまりに明白だった。おそらくここにいるのは美希が嫌いな、あの集落の人たちだ。

つまり自分は鬼の面を被った集落の人間たちに家に押しかけられ、気を失っている間に攫われて局所麻酔を打たれた——そういうことなのだろう。

美希の心の中から、鬼や妖怪への得体の知れないモノに対する恐怖が一瞬で霧散する。でも同時にそんなものとはまるで別種の、もっとはっきりと身に迫った危険を想像できる、生身の人間に対する恐怖が美希の胸中を席巻《せっけん》し始めていた。

気がつけば、呼吸が徐々に荒くなっていた。声を出したくても喉が思うように震えず、掠《かす》れた息が漏れるばかりだ。

自分を攫ったのは鬼じゃない、ただの人だ。

でもよく考えれば、その方がずっと怖い。

まるで人であることを隠すように鬼の扮装をした、この何を考えているのかも、どこに自分を連れて行こうとしているのかもわからない集落の人間たちが、美希はたまらなく怖ろしかった。

やがて揺れが小さくなり、それでどうも目的地へと着いたらしいことを美希は察した。

動き始めのエレベーターのようにふわりと下降する感覚の直後、ぴたりと揺れが止まる。たぶん美希を乗せたまま、神輿が台の上にでも据え置かれたのだろう。

「それではこれより奥宮にて、新しい御一津様の招魂の儀を執り行う！」

芝居がかった男の声が、朗々と響き渡った。

「御一津様の器となる巫覡《ふげき》、並びに頭屋《とうや》である我と刀番以外の氏子衆は皆下山し、本宮へと籠もって奥宮を拝せ。半時ほどで奥宮に新たな御一津様が鎮座することになる」

言い終えるなり、遠くで響いたドンッという太鼓の音が周囲の山々を震わせた。

それが合図であったかのように、弛緩したざわざわという話し声が神輿の周りでもって飛び交い始める。

「……ようやく、これで今回の祭りも終わりだな」

「毎度毎度、本当に気が重いことだ」

「しっ！　まだ黙っておけ。頭屋に聞かれたらドヤされるだけじゃすまんぞ」

「ともかく祭りが終われば、次は紛れ込んできたあの二人の始末の相談だ」

美希には意味がよくわからない会話を交わしながら、神輿を担いでいた連中の足音が遠ざかって消えていく。

御簾の外がしんと静まり返ると、一定のリズムで響き続ける太鼓の音ばかりがやたら耳についた。

「さて、今年はいらん邪魔が入って遅くなったが、これでようやく大詰めだな」

「……まったく、こんな時間から一仕事をする俺の身にもなってくれ。こりゃ明日の午前は休診だな」

さっき叫んで指示を出していた男の声に、もう一人別の男の声が応える。

どうやら神輿の外には、まだ二人ほど人が残っているようだった。

「何を言っているんだ。刀番のおまえの役目はこれで終わりじゃないぞ。昼間から散々邪魔してくれたあの二人の処分も、おまえの仕事なのだぞ」

「おい、本気か？　いくらなんでもこの御時世、人間が二人も消えるというのは大変なことだぞ」

「黙れ、恩知らずが。何のために里宮を潰してまで、あの病院を建ててやったと思っておるのだ。分家であるおまえのために骨を折ってやったのは、こういう不測の事態に備えてのためだろうが。活きのよさそうな二人だ、なんならバラして集落のくたびれたジジババどもの臓器移植用にでも使ってやればいいだろうが」

「馬鹿言え、ここは東南アジアのスラム街じゃなくて、日本なんだぞ！」

それからも二人が言い争う声がしばらく聞こえた後、

「――わかったよ。おっかない本家の宮司様の言うことには逆らわんよ、あの二人もなんとかするさ」

そんな呆れた声が聞こえると同時に、脈絡もなくさっと神輿の御簾が上げられた。

いきなりのことで美希も反応ができず、ただ目を丸くする。

御簾の向こうから現れたのは一つ目で一本角の鬼の顔だ。しかし「視界が狭くてかなわん」とつぶやくなり、一つ目の鬼の面が外される。

面の下から出てきたのは美希も知る、御一津神社の神主の顔だった。

そして見開いたままの美希の目と視線が合うなり、不快そうに眉間に皺を寄せた。

「おいっ！　娘が目を覚ましているぞ、大丈夫なのか」

そう言って自分の背後にいた、二つ目の鬼の面を被った男に叫んだ。

「打ったのは局所麻酔だからな、気を失っていただけのその娘が意識を取り戻すのは当たり前だ」

宮司に倣って背後の男も鬼の面を外す。こちらもまた美希が知る顔で、集落にある病院の院長だった。

「そんなことは聞いておらんぞ！」

　がなりたてる宮司に対し、痩せた身体から神経質そうな雰囲気を漂わせる院長がうるさそうに自分の耳に指を突き入れた。

「おまえが理解をしておらんだけだ。せっかく全身麻酔が使える手術室での切除を提案してやったのに、ダメだと言ったのはおまえだろうが。人工呼吸器がなければ、全身麻酔では死んじまう。手術室を使わなくなった段階で、もう局所麻酔にするしかないんだよ」

「おまえこそ、わかっておらんわ！　これは神事なのだぞ、奥宮にて執り行うからこそ、御一津様がこの娘の身体に降りるのだ。どれだけ楽だろうが、そんなもの認められるわけがなかろうが」

「だったら四の五の言いなさんな」

　宮司を押しのけ美希の前に出て来た院長が腕を伸ばし、横座りしていた美希の両足を無造作につかむ。

　気持ち悪さから「ひぃ」という悲鳴を上げようとするも、しかし実際には喉から声は出なかった。おまけにつかまれた感覚もない。

　そのまま動かない身体を引っ張られて神輿の外まで引きずり出されると、腹が肩に乗る姿勢で院長に担がれた。

せめてもの抵抗に何か言おうと口を動かすも、やはりビリビリとした舌はうまく回らず「あ」とか「う」とかいう呻きしか出てこなかった。

「あんまりしゃべらん方がいいぞ、今は痛覚がないからな。舌を噛んでも加減がわからず、下手をすると噛み切ってしまいかねん。──舌はもともと一つなんだ。わざわざ自分から、一つしかない部位を切り落とす必要はなかろう？」

感情が交じらない声で淡々とおぞましいことを口にする院長に、美希の頬が引き攣った。

一つだろうがなんだろうが、人の身体だ。人間の肉体で、不用意に切り落としていい部分なんてあろうはずもない。……この人は、いったい何を言っているのだろうか。

感覚のない身体のはずなのに、言い知れない寒気が美希の全身を駆け巡った。

担がれた美希の目に映る景色は木々ばかり。ここはきっと集落を取り囲む山の中のどこかだろう。住んでいる人はおろか、誰かが通りすがる気配なんて微塵もない。

明るい月が、木々を切り開いたこの辺り一帯を照らしている。よく見れば地面の一部には石が敷かれた道があり、自分を神輿に乗せて登ってきただろう山道からまっすぐ広場の奥へと延びている。

その終点にあるのは、小さな社だった。注連縄《しめなわ》と紙垂《しで》はカビで変色して、柱も腐ったように黒ずみ、納屋程度の大きさをしたおどろおどろしい雰囲気を漂わせた古い社が建っていた。

社の前に立った宮司が、木板でできた両開きの戸を開く。

途端に異質な冷たさを感じる空気が地を這うように吹き出してきて、担がれた美希の頬を撫でた。錆びた鉄のような、嫌な臭いが美希の鼻腔《びこう》に侵入してくる。

開いた戸の奥は月明かりも届かぬ暗がりで、外からは何も見通せない。にもかかわらず闇が凝《こご》った社の中に目を向けるだけで、満足に動かぬ顎なのに勝手に激しく震えて奥歯がカチカチと音を立てた。

——あの闇の向こう側が、美希はただただ恐い。

「まったく可哀相なことだ。終わりまでちゃんと寝ていられたら、無駄に怖ろしい思いをせんで良かったのになぁ」

言葉の内容とは裏腹に、まるで感情の入っていない事務的な声で院長がつぶやいた。

闇の中へと吸い込まれるように、先に社の中へ宮司が入る。その後を追うように、美希を担いだまま院長も社の入り口にある階段を上って中に入った。

瞬間、美希の視界は完全に暗闇に覆われた。

視覚がなくなったことで妙に他の感覚が鋭敏になると同時に、美希はこの闇の中で人の呻き声を聞いたような、そんな気がした。

実際にそんなことはない。あらためて耳に意識を向けてみれば呼吸の音は美希のものも入れて三つだけで、この社の中に他の人間はいない。

でも……なんなのだろう、この妙な感覚は。暗闇の世界の中、この小さな社の中で何人もの人間が呻き、嘆き、泣いているようなイメージが美希の頭の中から消えない。

感情の残滓《ざんし》——もしも人間の負の想いが物や場所に焼き付くのなら、こんな薄ら寒い空間ができるのかもしれないと、ふとそんな思いがよぎった。

「灯りを点けるぞ」

宮司が口にするなり天井から吊された電球が灯って、淡く滲んだ橙《だいだい》色の光が社の中を照らし出す。

——そして。

美希は、喉が痺《しび》れていることすら忘れて、掠れた声で絶叫していた。

木板の壁を染めた黒い染みは、塗料ではなくおそらく血しぶきだ。しかも壁だけではなく床も一面が赤黒く染まり、天井には噴き上がった血でできたように見える黒いまばらな水玉模様が浮かんでいた。

血染めの部屋——それがこの古びた社の中の光景だった。

おまけに部屋の中央には人が横になれる木製の寝台が据えられていて、床一面に広がった血の跡はその台の上から垂れて広がっているように思えた。

部屋の片隅には刃が黒く染まった鋸《のこぎり》や鉈《なた》が立てかけられている。それが何に使われて、どうして黒く染まっているかなんて美希は考えたくもなかった。

「まず腕と足からだ。それで体力的にまだ余裕があれば次は目と耳だな。胸は後処理が大変だから時期を見計らうとしても、肺や腎臓といった内臓はとにかく負担が大きいからな。他の部位を切り落とした後で、ちゃんと体力が戻ってからにするから安心しろ。──なあに。二つあるってことは、いうなれば一つは予備だ。一つぐらいなくなっても、人間の身体はしばらくはどうにかなるようになっている。特に若いうちは丈夫だからな、当面の間はちゃんと生きていられるから心配せんでいい」

動かぬ身体を台の上に寝かしつけられ、美希は全身の血が凍りつきそうな恐怖を味わっていた。

以前、風邪で診察を受けたときと何ら変わることがない院長の口調。時に残酷な診断を下さざるを得ない医者にありがちなその粛々とした言い草が、決してこの男が冗談を口にしているわけではないと美希に理解させる。

「……あっ、ああ………」

まな板の鯉《こい》のごとく、台の上で仰向けにされたまま動けない美希が呻いた。

今の自分が着せられているのは、女王が着ていたあの真っ赤な着物だ。

間近で見てわかった、左側の部位しか残っていなかった女王の身体。この着物を着せられているということは、きっと自分もあれと同じ姿にさせられてしまうのだ。今は二つあるこの身体の部位の、右側全てを奪われてしまうに違いない。

そしてきっと、そんな姿にさせられた自分が次の女王にさせられるのだろう。

右目からあふれた涙がこめかみを伝う。抗《あらが》いたくても麻酔のせいで指一本すら持ち上がらない。

思えば——鬼たちがやってきたとき、家に自分一人きりしかいなかったのはこの院長のせいだ。今ならばあの不自然な救急搬送が、全て狂言だったのだとわかる。お母さんを妊娠高血圧症候群だと診断して大津市の病院に転送させ、そして父親もそれに付き添わせて集落から離れさせたのだ。

節分の晩に外を見てしまった自分を攫うために、全て用意周到に仕組まれていたのだろう。

「さて、そろそろ始めてもらえるかな」

宮司が開けたままの戸の前に立ち、外と繋がった出入り口を閉ざした。

……どうして、こうなってしまったのか。

始まりは、茜音の忠告を聞かなかったところだったのかもしれない。節分の晩に外を見たら鬼が攫いに来ると教えてくれていたのに、はなから茜音を馬鹿にして鼻で笑った。その罰が当たったのかもしれない。

この土地を嫌って無闇に反発し、意地でも馴染むまいと集落を毛嫌いしてきた自分に、御一津様なんてご大層な名前の神様が罰を与えようとしているのだろう。

——ごめん、ね。

美希が口の中でつぶやいた。

それは自分でも意識しない内に発していた、茜音への初めての謝罪だった。

きっともう会えない——集落に越してきてから、地元で唯一人自分の友達になってくれた茜音。行きも帰りも顔を合わせて、正直うっとうしいと感じることも多かった茜音だが、でも今、美希は無性に茜音に会いたかった。

ほんの少しだけ観念した美希が目を閉じようとすると、

「おい、なんだそれは」

たった今、宮司の手で閉められた板戸を院長が指さした。

宮司が振り向き、美希もまた釣られるように視線を戸の方に向ける。

『罪科は　われにこそあれ　小車の　やるかたわかぬ　子をばかくしそ』

左右で閉じた戸の一面を丸々と使って、和歌が書かれていた。

しかもその文字は鮮血でも用いたかのように真っ赤で、乾ききっていない箇所が木板の上を滑って垂れ、なんともおどろおどろしい雰囲気を醸していた。

「……なんだ、これは」

「おまえが書いたんじゃないのか？」

院長の問いかけに、宮司が血相を変える。

「馬鹿を言うなっ！　なんでワシがこんな歌を書かなければならんのだ、これは片輪車の逸話の中に出てくる歌だぞっ！」

宮司の口から出てきた、今となっては美希も知るその妖怪の名に、かろうじて動く目が見開いた。

「……なんだ、その片輪車ってのは」

「おまえも三上の人間なら、少しはこの地の歴史を知っておけっ！　片輪車というのは、江戸時代の初期に甲賀の地に現れたという妖怪のことだ。その姿は車輪が片方しかない車に乗った女で、見れば祟りに遭うとされている」

「車輪が一つの車に乗って現れ、見たら祟りに遭うって……おまえ、そりゃ」

「みなまで言うな！　わかっとるっ！」

その先の言葉を遮るように怒鳴りながら、宮司が院長を睨みつけた。

「今は片輪車の正体などどうでもいい。それよりも問題は、この歌を書いた不届き者がどこのどいつかということだ。この歌はな、見てはならない片輪車を見てしまったことで子どもを攫われた母親が、それを嘆いて片輪車に抗議し戸に貼り付けた歌だぞ。そんなものを御一津様の御神体を祀るこの奥宮の戸にわざわざ書くとは」

「……俺たちが攫ってきたこの娘を返せと、そういう意味ってことか」

苛立ちを隠そうともせず、宮司が奥歯をギリギリと鳴らした。

「大事な神事に水を差しおって。ましてや神聖な御一津様と妖怪である片輪車なんぞを同一視するなど、見つけたらただじゃすまさん！」

怒り心頭の宮司が地団駄を踏みかけたとき、遠くから「うわぁ」という悲鳴じみた男の声が聞こえた。

なんだ今の声は、と宮司と院長が顔を見合わせる。すると続けざまに二度、三度と今度は違う男性のものらしき喚き声が聞こえてきた。

招魂の儀が終わるまで鳴らし続けるはずの太鼓の音が、いつのまにか止んでいた。

不穏な空気を察した宮司と院長が、戸を開けて奥宮の外に出る。どうやら下山した氏子たちがいる、本宮の方からその声は響いてきているようだった。

「これからようやく神事の大詰めだというのに……本当に、今回はなんだと言うのだ」

苛立たしげにつぶやく宮司だが、そんなことはお構いなしに上がる悲鳴の数はどんどんと増えていく。

「どうあれ、これはただごとじゃなかろう。一度、俺たちも下山するべきだろうな」

神経質そうな目を細めて、院長がいったん奥宮の中へと戻る。

それから一緒に連れて下りるべく、動けない美希を台の上から担ぎ上げ、

「よせ。おまえが担いで下りる際にもし足を滑らせてその娘を落とせば、それは御一津様が穢れることを意味するのだぞ。そうなってしまえば、ここまで苦労した今回の祭りの全てが台無しになる」

「……だったら、この娘はこのままここに置いてけっていうのか？」

「その娘には動けないほどの麻酔を打ったのだろう？　その効果はいつまで持つ？」

「そりゃ、量が量だからな。たぶん朝まではろくに指先も動かせないさ」

そう答えてから、院長は宮司の意見に従い再び台の上へと美希を寝かせた。

「だそうだ。怖い宮司さんの指示なんでな、おまえさんは大人しくここで待ってろ。まだ麻酔は切れはせんだろうが、もし戻ってきたときに切れかかっていたら、ちと痛いぞ。だから俺たちが早く帰ってくることを願っておけよ」

虚勢を張るようにあえて睨みつけてくる美希を、院長が鼻で笑う。

「おい、行くぞ！」

急《せ》き立てる宮司の声で、美希を置き去りにしたまま院長が奥宮の戸を閉めた。その足音が遠ざかって消えると当時に、美希は懸命に自分の身体に力を込め始める。

宮司も院長もこの場にいない今、これは逃げ出すための千載一遇《せんざいいちぐう》のチャンスだ。美希はなんとか身体を動かそうとするのだが、動くのは首から上ばかりで、腰から下にいた

っては微塵も動く気配がない。

しかしそれでも逃げなければ、今はただ麻酔で動かないだけの右足も右腕も、もう二度と動かすことはできなくなってしまうだろう。

必死になって、美希は動かぬ自分の指先へと力を込め続ける。するとほんの数ミリばかり、台の上に乗った美希の上半身が戸の方へ動いた気がした。

だが、それだけだ。

美希の目から見える天井の光景は少しも変わっていない。仮に本当に動いていたとしても、このペースでは台から降りるだけでも夜が明けてしまう。

その頃にはきっと麻酔の効果も薄らぎ、もう少し動けるようになっているだろう。でも同時に、それを理解している宮司も院長もここに戻ってきているはずだ。

二人が戻ってくれば、その先に待っているのは片側だけだった女王と同じ身体にされる運命だ。

院長の言っていることが本当なら、日ごとに自分の身体の部位は切り取られ、そして最後は全てが一つきりとなっておそらくこの社に中に閉じ込められる。

――そうなれば、もう逃げることすらままならない。

――ここで終わってしまう。自分の人生は、このおぞましい社の中で閉じていく。

「あ……あぁ……」

声にならぬ声が勝手に漏れて、涙がこぼれた。

──助けて。

力の入らない奥歯をかろうじて噛み合わせ、美希は必死で祈った。

きっと祈る相手は神様では駄目だろう。だってここは神社で、その神様が居るはずの場所に居るのは自分なのだ。

だから助けを求めるべきは神様じゃなくて、人だ。

──誰でもいい、誰だっていい。

引っ越してきてからというものずっと邪険にしてきた茜音をはじめとした今の身の周りの誰かに、美希は初めて請い願った。

「……だれ……か、……すけ、て…………」

今の美希の想いそのものである声が、かろうじて空気を震わせたそのとき、

「ようやく、しおらしくなったじゃないかよ」

いきなり扉の方から声がした。

びくりとして目を向ければ、閉められていたはずの戸がいつのまにか開いていて、入り口に誰かが立っていた。

美希は「ひっ」と息を詰まらせる。

もう帰ってきた──もう、戻ってきてしまった。

……これで自分が助かる最後の機会が失われてしまった。

あぁ――と心中で嘆き、美希は静かに目を閉じた。

男が社の中に入ってきて、そのまま自分に向かってゆっくりと歩いてくる。

この先はせめてもの矜持《きょうじ》だ。自分が死んだら幽霊でも妖怪にでもなって、こいつらをみんな祟り殺してやろう。

そんな決意とともに、美希が殺意を込めた目を開けると、

「……おいおい、恩人に向かってなんて目をしてんだよ」

仰向けに寝そべった自分を真上から覗き込んでいたのは、皺の刻まれた宮司のものでも院長のものでもなく、げんなりとした若い男の顔だった。

「それにしても七瀬の作戦が大当たりだな。ちょっと先回りして言われた通りの歌を書いておいただけだってのに、あいつら血相が変わっていたぜ。……まあ七瀬がなんか書いたらその場で赤を入れてやろうと持っていた、俺の相棒の犠牲もあってだがな」

と言って、男が手に握っていたものを目の前に掲げて美希に見せつけた。

それはペン先の折れた、赤いインクの入った万年筆だった。察するに、戸の裏に書かれていた血が滴ったような文字の歌は、この万年筆のインクで書いたのだろう。

流れについていけず、美希がぽかんと口を開ける。

そんな美希を見下ろしながらぎこちなく笑うその男は、いけ好かないホラー作家の腰《こし》

巾着《ぎんちゃく》をしていた、あのうだつの上がらなそうな編集者だった。

2

息せき切った宮司がようやく本宮まで下りてきたとき、境内は阿鼻叫喚《あびきようかん》の状態となっていた。

四〇や五〇を超えた大の男たちが何人も、鬼の面を被ったまま頭を抱えて境内をおたおたとさ迷い歩きながら喚き散らしている。他にも社殿の中に入ってガタガタと震えている奴も、土下座をするように這いつくばって頭を地面にこすりつけている者までいた。

「どうした！　何があったっ！」

地面に膝をつき拝むように手を擦り合わせていた大男に、宮司が声をかける。しかし反応がないので脇腹を蹴り飛ばしてやったら、ようやく男が顔を上げた。

「あ、あぁ……頭屋っ！」

「この騒ぎはどういうことだ、説明しろ！」

「いや、あれを……」

と、男が指さしたのは曳山だった。

ほんの数時間前に、奥宮から降ろした古い御一津様を乗せて里に下り、そして帰りには新しい御一津様を乗せて戻ってきた、車輪が一つきりの曳山。

普段であれば山倉に納めているのだが、今は祭りの最中であるため木で組んだ台を支えにして、まだ境内に留めていた。

——その、車輪が一つきりの曳山の舞台の上。

そこに、まるでここが自分の座だと主張するかのように一体のミイラが乗っていた。

さすがの宮司も、飛び出さんばかりに目をむく。

「な……なんだ、あれはっ!!　これはどういうことだ！」

曳山に乗ったミイラの一本きりの腕は、夜空をあおぐようにピンと前に突き出ている。

宮司には覚えがある。防腐処理を施す際に、あの腕はどんなに矯正しようとしても決して直らなかったのだ。肩と肘を何度も曲げて体よくしようとしても、誰かに助けを求めるかのように、この手を握ってくれと差し出すかのように、あの腕は勝手にまっすぐ伸びてしまったのだ。

——だから、見間違いようがない。

あのミイラは一〇年前に攫ってきて御神体にし、今日の昼まで奥宮に鎮座させていた元御一津様だった。

「誰が、あんなものを拾ってきたっ！」

「ま、待ってください。氏子衆にそんな怖ろしいことをする奴はいません」

「しかし現に、曳山の上に置いてあるだろうが！」

「俺たちが奥宮から下りてきたら、そのときにはもうああして座っていらしたんです。本宮に籠もっていた連中も、境内で太鼓番をしていた連中も、誰も何も知らないと言っています。今晩は誰も外に出てはいけない物忌みの晩です。

そう考えると、あの御一津様が自分で曳山にお戻りになったとしか……」

鬼の面の下で泣きそうな顔を浮かべているだろう男の言葉に、宮司は自分の頬が勝手にひくつくのを感じていた。

棄ててきたミイラが自分で戻ってきた——そんな馬鹿なことがあってたまるかと、宮司は心の中で悪態をつく。

あんなものは、もはやただの死骸に過ぎないのだ。

確かに病院の地下殿にある穢穴に棄ててくるまで、あのミイラは御一津様が宿った御神体だった。しかしながら地の底と通じる穢穴の中へと棄ててきたからには、もはやあれは神霊の宿る器ではない。

片側を削いで一年ほどしたら衰弱死したので、腹の中に塩と蠟《ろう》を詰めて燻しただけのただの干からびた死体だ。

そんなモノが神聖な祭りに用いる曳山に独りでに座っていたとか、それこそ御一津様への冒瀆《ぼうとく》だ。

――しかし。

「許してください、御一津様っ!!」

「我々は、頭屋に言われてやっていただけなんですっ！」

曳山の上に乗った死骸に許しを請う声が、境内のあちらこちらから上がっていた。

今回の祭りに参加している氏子たちは、全員が一〇年前の祭りにも参加していた連中だ。つまり今曳山の上に乗っている、あの娘を攫ってきたのもこいつらだ。

とはいえこれは神事だ。神聖で伝統ある儀式だ。

新しい御一津様を迎える神事を執り行ったのであるからむしろ胸を張ればいいのに、氏子たちはつまらない俗世の価値観にとらわれ良心の呵責《かしゃく》なんぞに苛《さいな》まれている。

だからこそつまらん罪悪感を抱いて身を震わせ、こんな醜態を晒すのだ。

「申し訳ありません！　申し訳ありません！」

宮司が目を離した隙に、近くにいた男が再び地面に頭を擦りつけて、曳山の上のミイラに向かって謝罪を始める。

「よさんかっ！　既に御一津様の御霊は奥宮の娘の中に遷っている。ただの死体なんぞ崇めるな！」

宮司は土下座した男の尻を蹴るが、今度は微動だにしない。

「もう、こんなことはいたしません！　もし攫ってきた娘を返せとおっしゃるのであれば、きっと家に送り返します。ですのでどうか、祟らないでくださいっ!!」

もう一度尻を蹴り上げようとしていた宮司の足が、途中ではたと止まった。

……それが、狙いか。

後ろめたい気持ちでいる氏子たちは、どこかで贖罪《しょくざい》をしたがっている。既にしてしまったことは取り返しがつかないが、これからしようとしていることに対しては気持ちを鈍らせることはできる。

思えば、奥宮の戸に書かれていたあの歌も同じだ。

片輪車は戸口に貼られたあの歌を読み、子を想う母の気持ちにほだされ子を返したという。その逸話を知っていれば薄気味悪さも相まって、攫ってきた娘の手足を切り落とそうとする気持ちが揺れるかもしれない——きっとあれは、そういう思惑だったに違いない。

だとしたら、こんなことを仕掛けた連中はどこの誰か?

決まっている。穢穴に棄ててきた死骸を拾ってきたことから明白だ。御神渡を見たことで病院の地下に閉じ込めた、あいつら以外にはありえない。

外からしか鍵が外せない地下殿からどうやって出てきたのかはわからないが、いくら時間がなくて担ぎ手も足りなかったとはいえ、氏子衆を一人も残しておかなかったのは失敗だった。

「ええい、くそっ!!」

憤懣《ふんまん》やるかたない宮司は、腹いせに男の背中を踏み潰した。

ぐえっ、とカエルのような声を男が吐き出したところで、息を切らせた院長がようやく本宮の境内にまで下りてきて宮司に声をかける。

「……なんだ、これは。いったい何があったんだ？」

「やかましいっ！　俺たちは嵌められたんだ、すぐに奥宮に戻るぞ」

下りてきたばかりなのに戻ると言われて院長がげんなりした表情を浮かべるが、宮司はそれを無視して顎でついて来いと示し奥宮までの急勾配の道を登り始めた。

……思い返せばあの二人のうち女の方は、やたらと妙なことに詳しかった。決して有名ではない『諸国里人談』に記された片輪車の逸話だが、あの女だったら最初から知っていてもおかしくない気がする。

だがそれにしても許せないのは、どこの誰とも知れない馬の骨が崇敬すべき御一津様と、妖怪扱いされている片輪車なんぞとを重ね合わせたことだ。

全てが一つきりの身体をした御一津様は、天地開闢直後から存在した最も尊い独神たちの御姿を模したもの。それを妖怪と同一視するなど、罰当たりにもほどがある。

「馬鹿にしおってからに……」

つい口から出た宮司の言葉に、肩で息をしながら追う院長が「だから、何があったのか教えろよ」とぶつくさと抗議する。

本宮の境内から延びる奥宮までの登り道は、健脚な者でも一〇分はかかる。既に初老の域を越えつつある宮司と院長ではさらに時間がかかるのは免れない。

とはいえ今は少しでも早く奥宮に戻るのが最優先だ。理由は知らないがあの二人は樋代の娘を奪い返そうとしているのだろう。攫ってきた娘を奪い返されてしまったら、とんでもないことになる。

何百年も前から続く御一津様の神事が自分の代で途絶えてしまうこともさることながら、あの娘は自分がどんな目に遭わされる予定だったのかをもう理解している。つまりあの娘からしたら一連のことは、拉致監禁で傷害未遂だ。その当事者であり生き証人でもあるあの娘に逃げられたら、祭りも大事だがそれ以前に自分たちの身も危うくなってしまう。

焦燥に駆られた宮司が息が切れそうなのを堪えて必死に坂道を登っていると、奥宮の方から堂々と下りてきた男と道の真ん中で鉢合わせした。

「…………あっ」

男が間の抜けた声を上げる。ちゃっかりと御一津様となるべき娘を背負ったその男は、確かに地下殿に閉じ込めたはずの二人組の片割れだった。

「貴様っ!!　やっぱりその娘が狙いかっ！」

宮司が怒鳴りつけると、気弱そうな雰囲気の男はそれだけで肩を縮こめた。

だがすぐに頰の引き攣ったぎこちない笑みを浮かべ、挑戦的な目を向けてきた。

「……い、言っておくが今の俺に下手な手出しをしたら、せっかく背負っている美希を地面に落としてしまうかもしれないぜ」

男に詰め寄ろうとしていた宮司の足がぴたりと止まる。

――非合法なやり方で攫ってきたあの娘に逃げられるのは最悪の失態だが、できることなら神事を続けるために地に足を触れさせないままで取り戻したい。

しっかりとこちらの事情を理解した上での脅し方に、宮司はギリギリと歯嚙みをしながら男を睨みつけた。

「背負った手がそろそろ痺れててな、悪いがさっさと道を空けてくれないか？」

男が挑発的な言葉をさらに重ねてくる。

娘を背負わせたままどうやってこの男を捕まえようかと逡巡していると、男の膝が小刻みに震えているのに気がつき、宮司がほくそ笑んだ。

――この男は与《くみ》しやすい。思えば、捕まえるときに苦労したのも弁が立っていたのも、どちらもあの女の方だ。この男だけだったら人手さえあればどうとでもなる。

そうとわかればこのままいったん本宮まで泳がせ、それから氏子衆に取り囲ませればいい。むしろ下手に動いて娘を落とされたら、それこそこれまでの苦労が水の泡だ。

そう考えをまとめた宮司は笑いたくなる気持ちを堪え、悔しそうに唇を噛む振りをした。

そこに荒い息をしながら登ってきた院長がちょうど追いつき、娘を背負った男と宮司が対峙《たいじ》している様にギョッとなりつつも身構える。

「よせ、あの男は御一津様を背負っている。この男のために道を空けてやれ」

院長は僅かに呆《ほう》けた顔をするが、宮司が道の端に下がったのを見るや、しぶしぶそれに倣って道の真ん中を空けた。

「……ほんとに、七瀬の言った通りだな」

そうぽろりと声を漏らした男が、宮司と院長を警戒しながらも二人の間を通り抜けて境内の方へと下りていく。

娘を背負った男が完全に通り過ぎてから、院長が宮司に耳打ちをしてきた。

「……逃がす気はないんだよな？」

「……当たり前だ。そんなことあるわけないだろ」

そんなやりとりを交わしてから、宮司と院長が男を追い始めた。

追って来る二人を目にすると男も歩を速めるが、それでも人を一人背負っているハンディは大きい。むしろ焦らせて男が足を滑らせないようにと、宮司はある程度の距離を保つべく速度を調整しながら後ろをついていく。

そうして奥宮から続く山道を下りきって、まんまと本宮の境内に入ったところで、

「氏子衆、本物の御一津様はこっちだっ！　ただの死骸になんぞ脅えている場合じゃない。御一津様を盗もうとしているこの男を取り逃がせば、それこそ一族郎党にまで本当に祟りが及ぶぞ。その男を取り囲んで、とっとと御一津様を取り戻さんかっ!!」

油断していたであろう男が、宮司の号令に顔を青ざめさせて慌てふためいた。

実際に宮司の声が届いた氏子の数はそれほど多くはない。しかしそれでも七、八人の連中が反応して、宮司が指さした男の方へと駆け寄っていく。

宮司の口の端がニタリと歪んだ。この男が相手なら三人だって十分な人数だ。

とにかく樋代の娘さえ奪い返せれば、あとはどうとでもなる。連れの女の姿が見えないのが少し気になるが、それだってこの男を捕まえて問い詰めれば――と、そこまで思ったところで、唐突に耳に飛び込んできた爆音によって宮司の思考は遮られた。

曳山に向かって懺悔《ざんげ》していた連中も含めて、境内にいた誰もが反射的に音のした方へと目を向ける。すると月と篝火だけが光源の世界に、真昼のごとく明るく白い光がパーッと点《とも》って、瞳孔の開いていた全員の目がいっせいに眩《くら》んでしまった。

直後、ヘッドライトをハイビームにしたままエンジンの爆音を伴って大型バイクが藪の中から飛び出してくる。そのまま猪《いのしし》なんて目じゃないほどの勢いで、境内のど真ん中を突っ切り出した。

曳山に乗った死骸に怯える連中はおろか、娘を背負った男を取り囲む氏子たちまでもが、あの質量に突っ込まれたらたまらないと跳ねるように道を空けてしまう。

甲高い悲鳴のようなブレーキ音を立て、バイクが男の手前で停止した。そして周囲の氏子たちを威嚇するかのようにアクセルを開き、エンジンの轟音《ごうおん》を鳴り響かせる。

「もうちょっと早く来てくれよ！」

「運転もできない奴が文句言わない！」

予想していなかった展開に、宮司の顔から一瞬で血の気が失せる。

男を迎えにきたバイクに乗っていたのは、作家だと名乗っていたあの女だった。

3

俺が美希を背負ったままリアシートに飛び乗るなり、クラッチを繋がずに七瀬が派手にアクセルを吹かす。バイクを取り囲む氏子たちは面食らっていたこともあってそれだけで怯み、半歩ほど後退りをした。

その隙を逃すことなく、七瀬が前輪をやや浮かせながらバイクを急発進させる。

再び向かってくる一七〇〇ccものエンジンを積んだ大型バイクに、その走行線上にいた氏子たちは蜘蛛《くも》の子を散らすように飛び退いた。

「避《よ》けるなっ！　轢《ひ》かれてでもそいつらを捕まえんかっ！」

狼狽した宮司がこめかみに血管を浮かばせながら叫ぶも、既に走り出した三〇〇キロを超える重量の車体に飛びかかろうとする無謀な輩《やから》は一人もいない。というよりも誰も彼もがひどく混乱していて、どう行動していいのか判断しかねているようだった。

——それもこれも、全ては七瀬の思惑通り。

深緋さんの話から察するに、この集落の人間は御一津様への信仰心と同時に罪悪感も持ち合わせている。だとすればその両方を最大限にかき立ててやればいい。棄てられたミイラの少女も連れていくと決めたとき七瀬が立てた作戦は、まだ山倉に納めていないだろう曳山の上へ密かに元御神体を戻しておく、というものだった。

かつて自分たちが攫い、あらゆる部位を一つになるまで切除して生神とし、そして亡くなってからもミイラに仕立てて御神体とされた少女。そんな風に虐げ辱めた元神様が、怪談の棄てても戻ってくる人形のように、いつのまにか曳山の上に座っていたとしたら、臆病な連中はどう思うだろうか。

結果はこれだ。怯え怖れて心折れた氏子たちは、闖入《ちんにゅう》してきたバイクがクラクションを鳴らすだけで我先にと逃げ惑っている。

こうして何の障害もなく境内のど真ん中を走り抜けたバイクだが、そのまま速度を落とさずに鳥居を潜り抜ける。

ここは山の中腹にある神社の境内。鳥居の先にあるのは里と繋がった石段であって、

「――おいおいおいっっ!!」

俺の声など無視し、石段のてっぺんから夜の空に向かってバイクが飛んだ。

しかしそれはほんの一瞬のこと。すぐにヘソの下をくすぐられるような落下の浮遊感が襲ってくる。石段の上に前傾姿勢でバイクが着地すると、勢い余った俺の頭は激しく前につんのめって七瀬の後頭部と衝突してしまった。

「なにするのよ、痛いわねっ!」

「しょうがねぇだろ!　っていうか、無茶するなら無茶するってあらかじめ言え!」

そんなやりとりをしながらも、七瀬は石段の上で巧みにバイクを走らせる。

七瀬の肩越しに見える光景は、まるで下りのジェットコースターみたいなエグい角度だ。遊園地の絶叫系アトラクションは安全なシートベルトがついているから楽しめるのであって、不安定な二輪車がふわりと浮くたびに襲ってくる無重力にも似た感覚に、俺は悲鳴すら上げられず何度も胃が喉から飛び出そうになる。

だが危険を顧みずにバイクのまま石段を下りたことで、昼間に登ったときはあれほど長いと思った道の終わりがすぐに見えてきた。

平地に辿り着くなり後輪がドンという重い音を立て、前に傾いていた車体が安定感を取り戻す。同時に俺は後ろを確認するも、追ってくる人影は見えない。仮に境内から逃

げた俺たちを氏子たちがすぐ追ってきていたとしても、人の足とバイクとではその差は歴然としている。

小さく拳を握って、思わず「よしっ！」と快哉を叫んでしまった。

一方で、俺がそんなことを思っている間も七瀬はバイクを走らせ続け、御一津神社の参道を抜けてすぐに目抜き通りにまで出る。

ここまで来たらもうこっちのものだ。あとはもう集落と外界を隔てる橋を越えて、その先に置いてきた社有車に乗り換える。動けない美希を後部シートに寝かせて、そのまま町まで逃げ切ればもう俺たちの勝ちだ。

いくら宮司が警察に顔が利こうとも、麻酔まで打たれている拉致監禁の被害者を連れて県警に駆け込めば、もはや言い逃れはできないはずだ。

身の安全の算段ができたところで、俺は魂が抜けそうなほどに長いため息を吐いた。

そのまま七瀬の背中にもたれて弛緩してしまいそうになったところで、

「……どう……し、て……」

元神様にしていたのと同様に、ジャンパーで俺の背中に括り付けていた美希がまだうまく動かない口で舌足らずな言葉を発した。

——昼間にあんな酷いことを言った自分を、どうして助けてくれるのか？

美希が言いたいのは、おおよそこんなところだろう。なんだか似たようなことを茜音さんにも訊かれた気がするが、俺が言えることはただ一つだ。

——七瀬だからなぁ。

個人的には、このひと言に尽きてしまう気がする。

とはいえ、さすがにこの答えでは納得がいかないだろうと思ったので、

「茜音さんな、友達であるおまえがいなくなるなんて理不尽で納得いかないって、そう俺たちの前で泣いて怒ってたんだよ」

おそらく七瀬の行動を後押しした事実を告げると、背中で息を呑む気配がした。

余計なことを言ったような気もするが、美希にはこれぐらい言っておいてやった方がいい気もする。その発言をこれからどう思うかは、今後の二人の問題だ。

なんて思っていたら、集落の外に通じる石橋までもうすぐというところで、七瀬が急ブレーキをかけた。

いきなりのことに慣性で負けて、美希の額が俺の後頭部に追突し、俺の鼻は七瀬の肩甲骨の間にぶつかって潰れた。

「って、なんだよ！　どうして急に止まるんだよ！」

と、抗議の声を上げるも、

「……まずいわね」

俺に見向きもせず七瀬がつぶやいた。

七瀬の肩越しに正面を覗くなり、俺の顔からも血の気が引く。

集落と外界を繋ぐ石橋の入り口を塞ぐように、真横を向いたマイクロバスが停まっていた。しかもそのマイクロバスの周りには、ワゴン車や軽自動車までもが無造作に停められていて、バイクはおろか徒歩であろうとも橋に辿り着くのは難しそうだった。

もちろん徒歩で橋を渡りこの集落に入ってきたとき、こんなものはなかった。

「……なんだよ、これ」

「見ての通り、集落と外とを分断するバリケードでしょ。私たちが集落に忍び込んだ後に誰かが作ったか、もしくは宮司が電話で指示してたった今急ぎ作らせたか」

七瀬が苦々しく舌を鳴らした。

思えば、そんなことは十分に想像できる範囲の話だ。物忌みの晩だろうとも、別に家の中に閉じ込められているわけじゃない。氏子の誰かがスマホの一つも持ってさえいれば、緊急事態だと聞いた集落の住人が外に出て車を運転し、橋の前で停めてから再び家の中に戻ることだってできるわけだ。

安易に楽観的になっていた自分に腹を立てつつも、俺は背負った美希に訊ねてみる。

「なぁ、ここ以外に集落の外と繋がっている橋はないのか？」

俺と同じく青い顔をした美希が、僅かに動く範囲で首を左右に振った。

俺も最初にこの集落への入り口を探したとき、カーナビを見ながら走っていたのでわかる。たぶんその返答に間違いはない。

こうなったらバスによじ登ってでも無理やりバリケードを越えてやろうかと思うが、そのためにはここにバイクを置いていく必要がある上に、動けない美希を背負って登るのもかなり厄介だ。さらには無事に橋を渡れてもその先の社有車までは徒歩となるので、その間に追いつかれたらそれでもうアウトだ。このバリケードを形成している車は宮司たちの身内の車なわけだから、俺たちと違って動かすのも容易《たやす》い。

かといってここで悩んでまごまごしていれば、それだけリードを縮められてしまう。

思わず「くそっ！」という悪態が俺の口から出たところで、七瀬が左足を軸にし三人が乗ったままのバイクをその場でUターンさせた。

「こうなったら山道の方に行きましょう。いくらなんでもこれだけの広さと戸数がある集落で、外と繋がる道が本当にこの橋だけとは思えないわ。山の方であれば、きっと集落の外に出られる他の道もあるはずよ」

言うや否や、俺の同意も待たずに七瀬が再びバイクを走らせ始めた。

七瀬の理屈はわかるが、山道を目指すということは必然的に今逃げてきた御一津神社方面へと向かうことになる。ここで時間を失うのは得策でないのは確かだが、同時に来た道を引き返すというのに不安を覚えないわけがない。

七瀬の奇策で美希を奪い返すまでは比較的トントン拍子だったのに、ここに来て急に暗雲が立ちこめ始めた気分だった。

とにかく今は宮司たちの混乱が収まっていないことを願い、無事に御一津神社の前を通り過ぎて山道へと入れることを祈るばかりだ。

逃げて来たときは逆の方向に向かって、再び目抜き通りを猛スピードで走り抜ける。

集落を囲む山がぐんぐんと迫り、そしていよいよ御一津神社へ通じる参道の前を通り過ぎようとしたとき、目抜き通りと繋がる小道からライトも点灯させずに白いＳＵＶが突然に頭を突き出した。

まさに衝突事故――となるタイミングだったが、七瀬が素晴らしい反応速度で車体を傾け、かろうじて躱す。

だがその直後、ヘッドライトが煌々《こうこう》と点灯し、キュルキュルというタイヤのスリップ音を伴ってＳＵＶが俺たちを追ってき始めた。さらにはＳＵＶの後ろから、軽トラックが二台も続く。

首を傾けて怖々とサイドミラーを覗けば、軽トラックの荷台には例の鬼の面を被った氏子たちが何人も乗っているのが見えた。当然、先頭のＳＵＶには宮司が乗っているのだろう。

「……最悪ね」

ぼそりとつぶやいた七瀬がアクセルを回してぐんとバイクを加速させるが、追ってくるSUVも一段と速度を上げてくる。

「おい、どうするっ!?」

「とりあえずこのまま峠道に入りましょう。カーブの多い道であれば、単車である私たちの方がきっと有利だわ」

七瀬はそう言うが、それはあくまでも一人で運転しているときであって、動けない美希を背負った今の状態では、体重移動が肝のカーブが続く峠道は逆に不利な気もする。

とはいえ四の五の言える状況ではなく、全てを七瀬に任せるしかなかった。

巷で流行《はや》りの煽り運転さながらに、SUVが延々とクラクションを鳴らしてくる。でもそれだけで、一定以上の距離を詰めてこようとはしない。

どうしてだ？　――と、思った直後、

『この先、凍結注意！　冬季通行止め』

蛇行を始める本格的な山道の手前で、虎柄のパイプバリケードが完全に道路を塞いでいるのが見えて、俺の目尻が引き攣った。

「あれはマジでまずいぞ！」

ここでバイクを停めれば、間違いなく宮司たちに捕まる。捕まれば美希はあの禍々《まがまが》しい奥宮へと再び連行されて口にするのもおぞましい神事の犠牲となり、そしてここまで邪魔した七瀬と俺も閉じ込められるだけではもう済まないだろう。

「舌を噛むから、黙ってなさい！」

そう叫ぶ七瀬からは、ブレーキをかける気配を感じない。

このままバリケードへと突っ込むのかと目を閉じた瞬間、膝がこすれそうなほどの角度まで一気に車体が傾いた。途端に直角に近しい弧を描いて、バイクが舗装道路から脇の茂みへと突入する。

車体を立て直すなり、すぐに猛烈な上下震動が襲ってきた。

今走っているのは道ならざる藪——ではなくて、剝き出しのままの地面を均《なら》した林道だった。冬季通行止めのバリケードの手前、どうやら雑草に隠れていたこの脇道に七瀬はかろうじて気がつき、ぎりぎりで曲がったわけだ。

衝突を免れたことから安堵のため息が出そうになるが、そんなものは一瞬のこと。追ってくるエンジン音が僅かに遠くなったものの、すぐにまた背後から強烈なライトを浴びせられた。

状況はさっきまでと何も変わっていない。むしろ悪化したようにすら思える。

七瀬がバイクを走らせているこの道は、山林を切り開いただけの林道だ。右手は上りの斜面だが、左手は崖に近い急勾配の斜面になっている。もちろんガードレールなんて上等なものがあろうはずもない。

おまけに山の管理のためだけに作られた道がまともな整備なんてされていようはずも

なく、土のままの地面はでこぼこし、斜面に生えた木の根が伸びて道の端で隆起している場所もあった。

できるものなら単車の加速力を活かして宮司たちを突き放したいのだが、自動車と比べて圧倒的にバランスの悪いバイクは僅かな段差で跳ねただけで転倒してしまいかねない。バイクがスピードを出すには、この道はあまりに悪路過ぎた。

遠からず宮司たちに捕まるか、はたまた七瀬がバランスを崩し三人仲良く斜面を転げ落ちるか、このままではそのどちらかの顛末しか想像がつかなかった。

半ばパニックになりながらも、打開策はないかと考えを巡らせていたら、

——パンッ!!

という、鼓膜が痺れるような破裂音が背後から聞こえた。

次の瞬間、頭上から硬くて小さい塊がパラパラと降り注いでくる。

髪に挟まったそれを手にとって見ると、熱を持ったビーズぐらいの大きさの鉛の玉で、実物を見るのは初めてだがたぶん散弾銃の弾だった。

「止まらんかっ!」

ギギギと恐る恐る首を回して振り向けば、追ってくるSUVの助手席で箱乗りした宮司が、硝煙の上がった猟銃を構えていた。

そして、二度目の銃声。

一拍おいてまたしても頭上に鉛玉が降ってきて、完全に状況を理解した俺の背筋が凍りついた。

「ははっ……あんなの、脅しだよな？」

乾き切った笑いとともに、縋《すが》るような気持ちで七瀬に問う。

「どうかしらね。攫った人の手足をもいでは、それを神様だと呼んで崇めているような連中よ。案外に威嚇じゃなかったりするかもね」

答えが返ってくるなり、三度目の銃声が真夜中の林道に響いた。

はっと何かに気がついた七瀬が急ブレーキをかける。同時に頭上から銃声とは違うバリバリという音がして、まさに今バイクが進もうとしていた場所にドスンと大きな枝が落ちてきた。もし七瀬がバイクを停めていなければ、人の腕ほどの太さがある枝が俺たちの頭を直撃していただろう。

「……散弾が降ってこないってことは、スラッグ弾を使ったわね」

苦々しく口にしながらも、それでも活路を見出《みいだ》すべく七瀬はその場で即座にアクセルターンをかける。だが一八〇度転回をしたところで、後ろから迫ってきていた三台の車がいっせいにライトをハイビームに切り替えて七瀬の目を眩ませた。

動きが止まってしまったその隙に、宮司がSUVの助手席から降りてくる。

ライトの光に少しだけ目が慣れたとき、面を外しているにもかかわらず鬼と変わらぬ形相をした宮司が、猟銃を構えたまま俺たちの目の前に立っていた。

軽トラックの荷台に乗っていた氏子たちも次々と降りてきて、バイクの周りを取り囲んでいく。

鈍く光る銃口を前にして、俺だけでなく七瀬の両手も自然に上がってしまう。

「……これは、さすがに万事休すかもね」

らしくもなく、七瀬が弱気な声でぼそりとつぶやいた。

4

「手間をかけさせおって！」

宮司が木製の銃床で俺の頭を殴りつける。

先の肘鉄でコブになっていた部分にもう一撃もらい、火花が散りそうなほどの痛みが襲ってきたが、宮司の腕力がたいしたことないためか気を失うほどではない。

地べたに座らされていた俺は宮司を睨みつけるが、すぐさま構え直した銃口が俺の額に狙いをつけ、気がつけば俺の怒りの表情は情けない愛想笑いへと変わっていた。

俺の隣で同じように地面に座らせられた七瀬が、後頭部で両手を組んだ姿勢のまま目を細める。

「おい、その娘は絶対に落とすなよ！　もし落としたら、おまえたちの身内から次の御一津様を出してもらうからな、覚悟しておけ！」

俺の背中から引き剝がした美希を運んでいた数人の氏子たちが、本気であろう宮司の脅しに身震いする。

そんなプレッシャーの中でも手を滑らせずに美希を軽トラックの荷台に乗せると、それを確認した宮司が鼻筋に皺が寄った顔をあらためて俺と七瀬に向けた。

「さて――おまえら、なんでこんな真似をした？　昼間に言っていた、この集落とは無関係なただの通りすがりというのは嘘なのか？」

「いいえ、本当よ。私たちは怪異譚の取材の途中で、たまたまここに寄っただけだもの」

たまたまかどうかはすこぶる疑問だが、まあおおむね間違ってはいない。

「だったら通りすがりのおまえらが、どんな理由で集落の大事な神事を邪魔し、次の御一津様となる娘を奪い返そうとした？」

「どんな理由って――それはむしろ私の台詞だわ」

こんな状況にもかかわらず、七瀬が軽く鼻で笑って答える。

「……なんだと？」

「というか、あなたたち頭は大丈夫なの？　たとえ閉鎖的な集落の中だろうとも、もう江戸の世でもなければ、混迷極めた戦後の時代ですらないのよ。かつては生きた鹿の首や兎《うさぎ》の串刺しを供物にしていた有名な大社ですら、今はもうそれらを剝製へと替えている。いくら神事であろうとも、もはや現代は本物の生贄《いけにえ》を出す時代じゃない。

にもかかわらず、どうしてこんな前時代的な祭りを未だに行っているわけ？　六部が旅費を携えて旅をしていた時代とは、根本的に貨幣の価値そのものが違っている。現代では人間一人を攫って身ぐるみ剝がそうが、奪えるものなんてたかが知れているわ。こんな危険な祭りを続ける、そのリスクとメリットがまるで釣り合っていないじゃない」

七瀬がいったん口を閉じるなり、俺の額に向いていた銃口が七瀬へと向き直った。その突きつけた銃口でもって、宮司が七瀬の顎をぐいと押し上げる。

「……下らんことをべらべらと、御一津様の有り難みも知らん余所者は黙っておけ！」

口角から泡を飛ばす宮司の顔がみるみる赤くなっていく。銃口を向けられてもまるで顔色を変えない不敵な七瀬に宮司が目の奥に怒りの火を灯すが、その直後に一転して口端をニヤリと歪めた。

「そんなに興味があるのなら教えてやろう。なぁに、簡単な話だ。御一津様はな、現世利益《りやく》が凄《すさ》まじいのだ」

「……現世利益？」

「そうだ。おまえらを閉じ込めた地下殿の、その上に建っているあの病院。あの大きさからしても、ワシらが住むこのひなびた集落には似つかわしくないと思わんか？」

それは確かに感じていた疑問だ。何しろコンビニすらない集落だ。ただでさえ医者不足が叫ばれている昨今で、どうして近代的な病院がこんな山間に建っているのか。人口比率から考えれば診療所というのが普通だろう。

「――今から一〇年前のことだ。今回のように秘祭を行って、新しい御神体に遷られた御一津様を祀ったところ、当時はまだあった里宮の社殿の一部が地震で崩れた。最初はただ古くなって柱が腐っただけかと思ったが、そうじゃない。崩れた社殿の天井裏から、櫃《ひつ》に入った絵巻がごろごろと出てきたのだ。描かれていたのは薄気味悪い化け物の行列だったがな、試しに博物館に持ち込んで鑑定させてみたら文化財級だと抜かしおったので、口止めしてすぐに売り払ったら驚くほどの額になった」

金の話をする宮司がなんとも下卑た笑みを浮かべる。

「祭りの都合もあり、うちは分家筋の人間を医者にさせる慣習があってな、潰れた里宮をただ建て直すのも芸がないので、御一津様から授かった金で病院を建てたのだ。そうしたら集落の年寄りどもはバスに乗らずに診療が受けられると有り難がってな、さらには近隣の集落からも人がやってきて金を落としていく。

この集落の人間は皆、御一津様に感謝しておるのだ。かつては新しい身体を献上するたび身体の持ち主の金品を授けてくださったが、おまえが言うようにそれがさしたる価値のなくなった現代ですら、敬いを忘れず祀り続ければこのように施しをくださる。そう考えると、今度の祭りではどんなご利益を賜れるのか。あの娘の家は中古を改築したばかりだからな、娘がいなくなったことで親が消沈して集落から出ていけば、残していくあの家と家財を売り飛ばしてもいいかもしれんな」

今の宮司は面を被ってはいない。鬼の面なんて被っていないのに、それでも厚い面の皮が張ったその顔は、本物の鬼以上に醜い顔として俺の目には映っていた。

黙って話を聞き終えた七瀬が、心の底から軽蔑した目で宮司を見上げる。

「……もう少し面白い話を聞けるのかと期待していたのだけれども、つまらな過ぎて反吐が出そうな話ね」

「なんとでも言うがいいさ」

銃口を俺たちに向けたまま、宮司が数歩後ろに下がった。銃身の下についたポンプを引き、新しい薬莢《やっきょう》が銃身に装塡された。中に入っているのはおそらく散弾だろう。

ガチャリという音とともに、俺の喉もゴクリという音を立てる。

「頭屋、用意ができましたっ！」

美希を運んでいった男の一人が宮司に向かって声を張り上げる。

軽トラックの方に目を向ければ、美希が寝かされた荷台の上に何人もの鬼の面を被った氏子たちが同乗していた。

「さて――それではおまえらの処分だが、あの娘同様に連れ帰ってもいいが、だいぶかき回されたせいで神事を終えなければならん夜明けまでもう時間がない。どうやって出てきたのかは知らんが地下殿に閉じ込めてももう安心はできんし、本宮や奥宮にはおまえらを閉じ込めておくような場所もない。まかり間違ってもう一暴れでもされようものなら、もう秘祭を執り行う時間がなくなるのは確実だ。

よって誰も来るはずのないこの山中で、おまえら二人にはこのまま腐葉土になってもらおうと思うのだが、いかがかな？」

宮司が猟銃の引き金に指を添える。

当たり前ながら、俺たちにとってはいかがも何もあったもんじゃない。

とはいえこのまま走って逃げ出しても背後からズドン、猟銃を奪おうと飛びかかってもその前にズドン、となるのは明白だ。

状況はまず詰んでいる。

だけど――なんとか七瀬だけでも。

七瀬だけでもこの状況から逃がしてやるには、どうしたらいい？

俺が囮《おとり》になってでも七瀬を助ける方法はないかと考えていたら――ふと、俺の耳たぶに人の吐息がかかった。

(だいじょうぶ)


鼓膜は震えていないのに、そんな声が唐突に俺の頭の中で響いた。

あまりのことに状況も忘れ、俺は「へっ?」と間抜けな声を出して振り向く。

しかし木の幹を背にした俺の後ろに人なんていない。

誰も、いるはずがない。

「……なぁ、七瀬」

宮司にも聞こえないぐらい小さな声で、隣の七瀬に向かって囁く。

「……なによ、こんなときに」

「どうもな——だいじょうぶ、らしいぞ」

「はぁ!?」

俺自身でも意味のわからない言葉に、七瀬が頓狂な声を上げる。

「何をごちゃごちゃ言っておるか!」

苛立った宮司が、いよいよ引き金にかけた指に力を込める。脇を締めて、しっかりと俺と七瀬に銃口を定めた。

こうなったら駄目元で飛びかかってやる。俺が撃たれても七瀬だったらその後できっとなんとかするだろう。そう決意して立ち上がろうとしたところ、

――バンッ！

深夜の山中に木霊した、破裂音。

だがそれは、猟銃の火薬が炸裂《さくれつ》した音ではなかった。

宮司の背後、美希を乗せた軽トラックが発進した瞬間に発せられた、タイヤが激しくバーストをした音だった。

「うわぁぁっっ!!」

制御が利かなくなった軽トラックが、前に停まっていたSUVへと猛烈な勢いで追突する。激しい衝突音とともに、寝かされていた美希を除く荷台にいた氏子たちが、悲鳴を上げながら放物線を描いていっせいに外に放り出された。

同時にSUVのエアバッグが作動し、運転席に座っていた院長と呼ばれていた男が膨らんだクッションとシートの間に埋もれてもがくのが見えた。

さらにこれだけでは終わらない。追突したSUVから慌てて離れようとしたのか、軽トラックがバックする。しかしその先にはもう一台の軽トラックが停まっていて、今度は荷台からフロントに衝突した。

ぶつかられた方の軽トラックが林道の端にまで押されてぐらりと傾く。そのまま運転席と荷台にいた氏子たちの泣きそうな悲鳴を響かせながら、急勾配の斜面を後ろ向きに滑り落ちていく。

そしてこんな大惨事を引き起こした暴走軽トラックはフロントガラスに罅《ひび》が入っていて、運転していた男は後続のトラックとぶつかったときに頭を打ち、そのままハンドルにもたれて気を失っていた。

これが、ほんの一瞬で起きた出来事だ。

ただのタイヤのバーストが引き起こしたありえない連鎖事故に、言葉を失ったまま宮司の動きが止まる。

あまりのことに呆気にとられているのは俺も同じだが——しかし、七瀬だけは冷静にこの状況を観察していた。

宮司の握った猟銃の角度が下がったのを、七瀬は見逃さない。跳ねるように立ち上がると、一気に間合いを詰め宮司に肉迫する。

気がつけば目前にいた七瀬に宮司が目を見開くが、次の瞬間にはもう猟銃を手にしたまま宮司の身体は宙を舞っていた。

そのまま大きく一回転して、道の外の急斜面へと宮司が落ちていく。どさりという音がして、次いで「うぉぉ」という悲鳴とも唸りともとれる声とともに、人が地面の上を滑落していく音が聞こえた。

「大和っ！」

七瀬に名を呼ばれて、俺もようやく我に返る。

「早く美希を連れてきてっ！」

倒れたバイクを七瀬が起こそうとしているのを見て、俺も急いで立ち上がる。

荷台から放り出されて地面の上で悶絶する氏子たちの間を走り抜け、軽トラックの荷台に張りついて覗き込めば、寝かせられていた美希は気を失っていた。

たぶん事故の衝撃のせいだろう。とりあえず外傷はなさそうなので、意識のない美希を俺は肩に担ぎ上げる。

よろよろと歩いて七瀬の元に戻る途中、奇跡としかいいようのないタイミングでバーストした軽トラックのタイヤを振り返って確認してみた。

すると――俺の目尻が勝手に引き攣った。

……なんだ、これ。

バーストしたタイヤは中のチューブだけでなく、周りのゴムともども破裂してなくなっており、ホイールが剥き出しになっていたのだ。

さらに驚いたのはそれが一つでなく、右側の前輪と後輪で二つ同時に起きていたことだ。

見た瞬間、俺の脳裏に浮かび上がったのはあの曳山だ。

美希を乗せて発進しようとした軽トラックは、御一津様の御神体が乗る車輪が片側にしかない曳山とそっくりの形になっていた。

こんなタイミングで二つの車輪が同時に破裂するとか、そんな偶然ありうるのか？

ぞーっと、背筋から冷たい汗が噴き出る。

けれどもこれが偶然でなければ何なのかとも思う。

さっき聞こえた声だってたぶん気のせいだ。風が俺の耳をくすぐって、たまたま吐息のように感じただけに決まっている。

だけど……もしかしたら。

「大和、早くっ！」

切羽詰まった七瀬の声が、俺の思考を中断させた。

七瀬は既にエンジンをかけたバイクに跨がって、俺と美希を待っていた。

とにかく考えるのは後回しだ。

この千載一遇のチャンスを逃さぬため、俺は走ってバイクに辿り着くと意識のない美希を七瀬との間に挟むように座らせてから、俺自身もシートに跳び乗った。

「……なあ、俺たちは最初から単車だから大丈夫だよな？」

「さっきから何を言っているわけ？」

七瀬が不審な声で返してくるも俺が答えられずにいると、それ以上は構っていられないとばかりにバイクを発進させた。

道を塞いでいた枝木を低速で慎重に乗り越えてからギアを上げ、真夜中の林道をさらに奥に向かって速度を上げて走り出す。

集落方面に戻ったところで川に架かった橋も、山に繋がる道もどちらもが塞がれている。だとしたらこの林道が集落の外と繋がっていることを願い先に進むべきだ。宮司たちに追いつかれなければ、最悪はバイクを捨てて歩きで山を越えたって構わない。

木々が月明かりを遮るせいで闇にも等しい山中の道を、バイクのライトが照らし続ける。

単調な道を三〇分も進むと、なんだか少し気持ちが楽になって、同時に様々なことが頭をよぎり始めてきた。

「なぁ……宮司の奴、あのまま落ちて死んじまったかな」

いかに緊急事態、殺されかけていたとはいえ、それでも人が死んだのではないかと想像すれば、必然的に動悸もしてくるというものだ。

「まあ、あのくらいだったら大丈夫でしょ。人間ってのは案外に頑丈なものよ」

「とはいっても、あの年齢だぜ。いくら外道だろうとも、さすがに死んじまったらお互いに寝覚めが悪いだろ」

――なんて。

まさにそう口にしたところで、バイクのライトとは比べものにならない強烈な光が俺たちごと辺り一帯を照らした。

途端に俺の肩がびくりと跳ね、続いてハイブリッド車のエンジン音が猛烈な勢いで背後から近づいてくるのが聞こえた。

「……ほらね」

七瀬が苦笑を浮かべて、バイクのギアを一段上げる。グンと速度が上がって、意識のない美希を挟んだまま、俺は慣性に置いていかれないよう七瀬にしがみついた。

七瀬の言った通りで、仏心を出して心配してしまったことを少し後悔する。

背後を見るまでもない。追ってきているのは頭に血が上った宮司が乗ったSUVに間違いなかった。

5

俺たちを追うSUVの雰囲気が、さっきまでと違うのはすぐにわかった。

これまでは一定の距離を保って追走していたのが、今は車間なんて気にせず際限なく速度を上げてくる。必然、追突されないためには林道の悪路であってもスピードを上げざるを得ず、それだけ俺たちの転倒リスクも増していた。

地面に足を着けてはいけない、連中が御神体にしようとしている美希がこちらには乗っているのに、それでもバイクが転ぶことを厭っていないように感じる。

いよいよもって宮司から理性が失せて、もう見境がなくなっているのだと感じた。

もっとも本当にあるかどうかもわからない現世利益のため、人を攫ってきては手足を切り落とした上で崇める連中の理性なんて、最初からあってなきがごとしのような気もするが。

ＳＵＶがまた一段速度を上げた。振り向くまでもなくエンジン音の変化からそれを察した七瀬が、舌打ちしながらバイクのアクセルをさらに回す。

とはいえライトで照らされた狭い視界の中、前方にカーブが迫ってくると体重を傾けながら速度を落とさざるを得ない。しかしそれは俺たちを追うＳＵＶも同じで、カーブを曲がり切れず斜面を転がり落ちることを避けるためにいったん減速するのだが、少し走るとまたぐんぐんと速度を上げてくる。

もうさっきからずっとこの繰り返しだった。だが繰り返しとはいえほんの少しでも七瀬が運転をミスればそれだけで追突されるか、三人仲良く斜面を転がっていくことになる。一度の失敗が文字通り命取りのカーチェイスに、リアシートに乗っているだけの俺ですら吐き気がしそうな緊張感だった。

「おい、どうするっ!?　このままじゃ、ジリ貧だぞ！」

「そんなのわかっているわよ！」

わかってはいようとも、どうにもできない。懲りもせずにまた速度を上げてきたSUVを少しでも引き離すため、七瀬も再びバイクの速度を上げる。

この状況での唯一の救いは、宮司が猟銃を撃ってこないことだ。ひょっとしたら七瀬に放り投げられたときに手を放して、そのまま落としてしまったのかもしれない。仮に今の宮司の手元に猟銃があれば、俺の背中はもう蜂の巣になっていたに違いない。

そう考えれば最悪ではない。最悪ではないけれども、窮地に陥っていることに変わりはない。

またしてもカーブにさしかかり、七瀬がやむなくギアを一段落として車体を傾けた。視界も斜めになる中、俺はとある変化に気がついた。

これまで左手の崖のような斜面の底はまるっきりの暗闇だった。だけど今、木々の合間から一〇メートルばかり下に、舗装されたアスファルトの路面が見えた。

林道の終わりがそこにある。それはあの常軌を逸した因習に支配された集落から脱出できる、外の世界と繋がった道だ。

「七瀬っ！」

俺の声で斜面の下にちらりと目を向けた七瀬が、意味深にうなずいた。

カーブを曲がり切って立て直していた車体を再び横に倒し、そのまま斜面を斜めに下り始めた。激しくバイクが上下に跳ねるが、七瀬は膝を立ててバランスをとり、俺も美希が落ちないように必死になって支える。

木々の隙間を綺麗にすり抜けたバイクは、最後に軽く跳ねてから舗装道路へと着地するも、勢い余って後輪がスリップしバイクが路面を滑ってしまった。

思わず目を閉じてしまったが、七瀬は強引な急ブレーキと体重移動で車体を立て直し、最後は道端のガードレールを蹴り飛ばしてバイクを止めた。

かろうじて転倒を免れたことに安堵しながら目を開けると、七瀬が蹴ったガードレールの先はなんと湖だった。

辺りの景色はまだ山に囲まれている。たぶんこの湖はダム湖だろう。きっと集落の入り口に流れていた川も、ここに流れ込んでいるに違いない。

ダム湖など別に珍しいわけでもないが、俺はこんな状況にもかかわらずつい目を奪われてしまった。それというのも湖面からもうもうと朝霧が立ち上っていて、ガードレールの向こう側がまるで雲海のように神秘的な光景をしていたからだ。

水面から霧が立ち上るのは、水温より気温の方が低くなったときに起きる現象だと聞いたことがある。気温が低くなり過ぎれば水面が凍結してしまうだろうから、たぶん真冬であるこの時期に湖面から霧が出るのはかなり珍しい現象だろう。

おまけにこれまでは森の中だったから気がつかなかったが、東の山の稜線《りょうせん》がほんのり赤くなり始めている。薄く色づき出した世界で霧が立ち上るさまは、まるで写真集の中の景色のようだった。

だが今は、そんな幻想的な光景に見惚れていられる状況じゃない。

俺たちから五〇メートルぐらい離れた場所から、木々の枝を折ってまき散らしながらSUVが飛び出してきた。勢い余ってバンパーを激しくガードレールに衝突させてから停まるも、すぐさま悲鳴のような路面を擦るタイヤの音を立てて俺たちの方に猛然と向かってき始める。

もちろん七瀬もそれを指を咥《くわ》えて見ていたわけではなく、SUVが林道を抜けて舗装道路に出てくるなり、すぐさまバイクを発進させていた。

そして再び始まる、八〇年代のアクション映画じみたカーチェイス。

しかしながらさっきまでと違うのは、路面が舗装されていることだ。それだけでバイクの安定感は圧倒的に増し、スピードもかなり出しやすくなる。おまけに人里から隔絶された林道と違ってここは片側一車線の公道だ。この時間だからまだ他の車影はないが、この道と繋がった先には間違いなく町がある。人目のある場所まで逃げれば、宮司たちも無茶はできなくなるはずだ。

再び生還の算段が立って肩の力が抜けそうになるが、

「……ことは、そう簡単にはいかなそうよ」

七瀬が、苦々しい声でつぶやいた。

霧が——瞬く間に、濃くなっていく。

このまま走って逃げ切れたら俺たちの勝ちという状況なのに、進むべき道が白い霧に覆われ閉ざされていく。夜明け間近だというのに、気がつけば一〇メートル先を見通すのもやっとの状況になっていた。

ハイビームで照らしていてもぼやける視界の中、かろうじて道の先のガードレールが曲がっているのが見えて、七瀬が慌てて車体を傾けた。

ここはダム湖の沿道だ。当然ながら道はまっすぐではなくて、湖の縁に沿ってぐねぐねと曲がっている。急傾斜の林道と違ってガードレールこそあるものの、それでも曲がり損なって衝突すれば三人揃って湖に転落することになる。

俺たちがカーブを曲がり切った直後、ハンドルを切りきれなかったSUVの車体がガードレールと擦れて激しい擦過音がした。でもそれだけだ、ブレーキを踏むこともせずなりふり構わずにSUVは追ってくる。隙あらばそのまま追突して、俺たちを転倒させる気まんまんだ。

昔からの風習だ、大事な秘祭だ、なんて口ではいろいろ言っておきながら、いざとなったらこれだ。自分たちの犯罪の生き証人に逃げられようとしている今、もはや御神体とする予定だった娘ごと殺してでも止めるつもりなのだろう。

「……なんとかここまで来たんだ。こうなったらどうにか逃げ切ってやろうぜ」

「言われるまでもないわよ」

七瀬は軽く返してくるが、しかし無情にも霧はますます濃くなっていく。

空気中で結露した水分が、水滴となって俺たちの顔へと張りつく。風圧に押されてその滴が目に入ってくるが、俺も七瀬も手で拭うことすらままならず、それでも前方に向けて必死に目を凝らし続ける。

灰色の視界の中、ぼんやり輪郭を見せたのは迫り来るY字路だ。気がついたときには、角度的にもう右には曲がれない。七瀬がやむなく左側へと車体を傾けた。

周りの景色が変わったのはすぐにわかった。これまで左手は湖面、右手は山の斜面という状況だったのに、左に曲がったときから両側とも湖面になった。道もまっすぐに延びており、つまりダム湖の上の橋を走っているのだろう。

ＳＵＶのエンジン音が一段大きくなった。きっとアクセルをベタ踏みしたのだと思う。まっすぐ延びた橋の上なら、カーブで曲がりきれなくなる心配がない。いよいよここで決めにきたのだろう。

まっすぐな道という条件だけなら俺たちも同じなのだが、しかしあまりに厄介なのがこの霧だ。ダム湖に架かった橋ということは、渡りきったときはまた沿道に戻るはずだ。そして四方を山に囲まれている以上、それはたぶん直角に近い角度のT字路だろう。

つまりＳＵＶに追いつかれないように速度を上げれば最後は壁のような斜面と衝突し、速度を抑えればＳＵＶに追突されてダム湖に転落する。俺たちを待ち受ける運命は、その二択ということだ。

山中で捕まったときは可能性的にありえない偶然のバーストで九死に一生を得たが、希望が見えてきた途端に今度は時期的にありえない濃霧でもって追い詰められている。

もしも本当に神様がいるのなら、そいつはどうしようもなく気まぐれで性悪な奴だろう。人の気持ちを落としてから持ち上げて、それでもってまた落とすとか、こんなのはあまりに底意地が悪過ぎる。

——だけど。

もしも本当に俺たちの命運を神様が握っているのなら、それが片目片足の山の神だろうと、連中が祀る御一津様だろうと構わない。

せめて、七瀬だけは助けてやって欲しい。

そんな神頼みとも知れない絶望的な気持ちで天を仰いだ瞬間、

ガラガラ、ガラガラ

どこからともなく、あの車輪の音が聞こえてきた。

その音にギョッとして、音がする道の先に向かって目を凝らす。

霧で覆われた橋の向こう側に、歪な曳山のシルエットが浮かび上がっていた。

そんなわけがない……そんなことが、あろうはずがない。

それというのも、あの曳山は御一津神社の境内にあったはずだ。

神事の直前まで神様だった少女のミイラを、あの曳山の舞台に置いてくることで、俺たちは氏子たちの間に混乱を巻き起こし美希を奪い返してきたのだから。

仮にあの後から氏子たちが曳山を動かそうとも、ここはあの集落からいくつもの山を越えた先の場所だ。追ってこられるわけがない。牽いて間に合うはずがない。

だから絶対にあの曳山のはずはないのに――だったら独りでに動いて走っている、あの車輪が一つきりの曳山の正体は何なのか？

「目を瞑《つむ》りなさいっ！」

悲鳴にも似た七瀬の声が、俺の思考を現実に戻した。

同時にその場に置いていかれそうな勢いで、七瀬がバイクを加速させる。道幅の半分以上を占める歪な曳山の影がみるみる迫ってくる。

俺はぶつかりそうな恐怖から反射的に両目を閉じた。

しかしその寸前のまさにほんの一瞬、

車輪が一つの曳山に独りで乗り、赤い着物の裾をはためかせた女性の姿が見えた。

——そんな気がした。

その瞼の裏の残像が幻視かどうかもわからぬうちに、七瀬の操るバイクが欄干と車輪との僅かな隙間をすり抜けて、曳山と行き違う。

直後、七瀬が全力で急ブレーキをかけた。

曳山の影とすれ違った先はすぐに橋の終わりで、目の前に壁のような山の斜面が見えたのだ。

急ブレーキによってロックした後輪がスリップする。七瀬は必死になって車体を制御しようとするも堪えきれずに斜面へと突っ込み、俺の胴の二倍は太い木の幹と正面からバイクが激突してしまった。

俺たち三人の身体が、放物線を描いて放り出される。

直後、背中から地面に落ちた俺の肺から空気が全て吹き出て、「ぐへっ」という声が漏れた。

当然ながら背中が痛い。もんどり打ちたくなるぐらいしこたま痛い。

でもその程度だ。七瀬のブレーキが利いたのと、投げ出された先が幸運にも路面ではなく枯れ葉が敷き詰められた腐葉土だったことで、出血もしていなければ骨を折るような大怪我もしていない。何よりもちゃんと生きていた。

俺の隣に落ちてきた美希も、目を覚ましてこそいないものの傍から見る限り大きな怪我はなさそうだった。

一番遠くに飛ばされたのに、受け身をとったおかげで俺よりも被害の少なそうな七瀬が立ち上がる。そのまま泥にまみれた姿で歩いてきて、寝転んだままの俺の顔を真上から覗き込んだ。

「ちゃんと生きてるわね？」

「……なんとかな」

差し出された七瀬の手をつかむと、腐葉土に埋まっていた俺の身体が一気に引き起こされた。たいしたことはないと思っていたが、それでも全身が軋んで痛む。

痛くて思いきり歪んだ俺の顔を見て、七瀬がくすりと笑った。

普段なら腹立たしく感じるところだが、でも今の七瀬にはいつもの皮肉がこもっていなくて、それが——いよいよここまでか、と俺に認識をさせた。

頼みの綱だったバイクはフレームが歪んだ状態で横倒しとなり、ヘッドライトも砕けていた。美希を抱えたままの歩きでは、車で追ってくる宮司たちから逃げるのはまず無理だろう。

観念するわけではないが、それでも絶望的な気持ちで宮司たちが追ってくる橋の方へと目を向け――。

「う、うわぁぁぁっっ!!」

切羽詰まった男の悲鳴が、ダム湖を囲む山々に響き渡った。

ガシャンというSUVが欄干にぶつかったであろう激しい音がして、続いてビーという不安をかき立てられるクラクションが鳴り続く。

その間も――ガラガラ、という木の車輪の音がどこからともなく聞こえていた。

見通すことのできないほど深い霧の向こう側でもって、何かが起きていた。

「なんなんだ、その姿は！　どうしてそんな一〇年前の姿で出てくる！　……おまえのことはもう棄ててきたのだ。根の国と繋がった穢穴に棄てたのだぞ。穢穴に放り込んだ段階で、おまえはもう御一津様の御神体でもなんでもない。

それなのに……どうしてその車に乗って、どうしてそんな姿で迷い出てくるっ!!」

「待ってくれっ！　俺はただこいつの指示に従っただけだ。俺だって逆らえないんだ、あんたのことはこいつに言われて仕方なく切っただけなんだよ！」

霧の中から聞こえてくる声は二人分。宮司と、院長と呼ばれていた男のものだ。

そして、鼓膜をつんざきそうな凄まじい悲鳴が再び轟《とどろ》いた。

いきなりのことに唖然としながらも、俺はなんとか隣の七瀬に問いかける。

「……これは、どういうことだ？」

「私だって、わかるわけないでしょ。わからないけれども……でもひょっとしたら連中は、まさにこの瞬間に見ているんじゃないかしら？」

「見ているって、何を？」

「決まっているでしょ。見れば祟りに遭うとされ、口にすることすらも憚られた――私たちが、さっき橋の上ですれ違ったあれよ」

七瀬に言われ、転倒のショックで薄らいでいた記憶が蘇る。

目を閉じろと言われた瞬間に微《かす》かに目にしたような気もする、決してこの世のものではない、車輪が一つきりの曳山に乗ったおそらく片側のみの少女。

俺にとっては夢とも幻とも知れないあれが、宮司たちの目の前に今いるとでもいうのだろうか。

「おまえはワシらの氏神だろうがっ!!　ワシらを守って、ワシらに利益をもたらすための集落の産土神だっ！　そんなおまえが、逆にワシを攫おうとでもいうのかっ!?」

七瀬の言うことが本当なら――それは決して人の身では見てはならぬモノのはずだ。

そして祭りの最中に人であることを隠すために被っていた鬼の面を、今の宮司たちはもはやつけていない。

「……わかった。わかったから、もうやめろ。頼む……頼むから、やめてくれっ！」

「助けてください、助けてください、助けてください」

――それを見てしまったら、祟りに遭ってしまう。

――それを見てしまったら、攫われてしまう。

口にすることすらも憚られ、車輪の音が聞こえてくれば姿を目にせぬようにじっと家に閉じこもり、そして震えながらやり過ごさなければならないという怪異。

「ワシらが悪かった！　一〇年前のおまえにしたことは謝る。ワシが悪かった……悪かったから、どうか見逃してくれっ!!」

俺だってそんな馬鹿なモノと、理性では思っている。

そんなモノが本当にいるはずない、ともわかっている。

――だけれども。

「あ、あああっあぁぁぁぁっっっ――――――――っ!?」

真っ白い霧の向こう側から、断末魔めいた凄惨な悲鳴が噴き出た。

鬼気迫るその声に、俺も七瀬も動けぬままその場でゴクリと喉を鳴らす。

しばし固唾を呑んで霧の奥へと意識を向けていたが、その悲鳴を最後に静寂が訪れた。

不意に、霧でできた幕を裂くようにまばゆい光が俺たちの視界に差し込んでくる。

さっきまではまだ赤かっただけの東の稜線から、日が頭を出しつつあった。

ようやく、夜が明けたのだ。

同時に七瀬の髪が横になびくほどの風が、山間の盆地を吹き抜けた。

するとと不思議なことに、あれほど深かった霧がすーっと晴れ始めたのだ。さっきまで湖面から立ち上り続けていた霧が止み、みるみるうちに視界の透明度が増していく。

霧の帳《とばり》が失せた橋の上には、やはり欄干と衝突しフロントの潰れたSUVがあった。

しかしさっきまで確かに声が聞こえていた宮司と院長の姿は、周囲のどこにも見当たらない。そこはダム湖に架かった橋の上、身を潜められるような場所などなければ、フロントガラス越しに見える車内にもいない。

そしてなによりも、霧の中にあれほど大きなシルエットを浮かび上がらせていた曳山も、そんなものなど最初からなかったように影も形も見えなかった。

理解が追いつかず、俺の口がぽかんと開いたままとなってしまう。

「――やさしの者かな、さらば子を帰すなり。我人に見えては所にありがたしといひけるが、其後《その》来らずとなり」

俺の隣に立っていた七瀬が、唐突にぼそぼそとつぶやいた。

意味がわからず怪訝な目を向けると、七瀬が困ったように苦笑いを浮かべた。

「これはね、甲賀の地に出たという片輪車の逸話の顛末よ。実は片輪車という妖怪の逸話は二つあってね、京都に出た片輪車は攫った子の片足を引き裂いて殺してしまうけれども、甲賀に現れた片輪車は子を想う母の歌に心打たれて一度は攫った子を無事に返すの。

そうして子どもを返してからは片輪車はこの地を去り、それきり二度と現れることはなかった——と、そう書かれているのよ」

俺たちの背後で倒れていた美希が、目を覚ましかけているのか「ううん」と呻いた。

どう七瀬に返答していいかわからない俺は、自分の頭をボリボリと掻く。

「なぁ、七瀬よ。おまえ、自分でとんでもないことを言っている自覚はあるか？」

「そんなの当たり前でしょ」

七瀬が子どもめいた表情でくすりと笑った。

その表情にどことなく高校時代の面影を見て、俺はドキリと心臓を鳴らしてしまった。

「でもね、こうしておいた方が結末としては面白いでしょ？　だからまあ、お互いこれ以上野暮なことを言うのはやめにしておきましょう」

橋の欄干に激突した衝撃で、エンジンも止まっているＳＵＶ。

どういうわけかそのタイヤは右側の前輪も後輪もバーストしていて、あの曳山と同じ形になっていた。

結

チンというクラシカルな到着音で、エレベーターのドアがすーっと左右に開く。ホールに出るなり目の前に広がる、開放感あふれた吹き抜けのある大きな内廊下。最初こそはセレブ感に圧倒されたものだが、最近はちょっとずつ慣れてきた。

ここは七瀬の自宅がある石神井公園駅前のタワーマンションだ。

それにしてもさすがは高級マンション。春になったと思ったらここ数日急に寒さがぶり返してきたのに、嫌みたらしいほど廊下ですらも暖かく空調が利いていて、節電の貼り紙が貼られた編集部の会議室とはえらい違いだった。

むしろ額に汗をかきそうだったので、俺は羽織っていたジャンパーを脱いで小脇に抱える。もっとも、おんぶ紐としても大活躍したこのジャンパーが合う真冬の時期はとうに終わっているので、横着していつまでも春物に替えずにいる俺が悪いのは理解している。

とにかく七瀬の部屋の前に立った俺は、インターホンを押す。

しばらくしてＬＥＤライトが灯りカメラが俺を映し出した気配があったので、スピーカーに向かって話しかけた。

「八街先生、和泉です。再校ゲラをいただきに来ました。開けてください」

微かなノイズを出していたスピーカーがぶつりと切れて、次いで何の返答もないままジー、ガチャと音を立てて電動のサムターンキーが外れた。

もちろんこれは上がっていいという合図であり、俺は「お邪魔します」と一応は声をかけてからドアを開け、靴を脱いでからリビングへと向かった。

するとき眉間に皺を寄せた七瀬が、対面キッチンの横に置いたダイニングテーブルの上で、猛烈な勢いでもってノートPCのキーボードを叩いていた。

「私のことは七瀬と名前で呼びなさい。あなたが自分で希望した呼び方なんだから……って、いい加減にいつまでもこれ言わせると怒るわよ」

こちらを見向きもせずに七瀬がつぶやき、俺も「へいへい、わかりました」と適当に応じる。これはもはや挨拶めいたやりとりなのだが、しかし七瀬がこんなおざなりな対応をするときは、決まって原稿に集中したいときだ。

一見すると横柄な態度のようにも思えるのだが、個人的にはこの状態の七瀬は俺を下手にいじってこないし、原稿はどんどん進むしでいいことずくめだ。

本当ならこのまま触らぬ神に祟りなしといきたいところなのだが、俺は俺でちゃんと用件があってここに来ているので、さすがにそうもいかない。

「それで七瀬よ、今日が締め切りだった再校ゲラの修正はできているか？」

七瀬が無言のまま、顎でローテーブルを指し示す。

そこにはうちの出版社の名前が印刷された角4封筒が置かれていて、中には出版物と同じ体裁で印刷された紙束に七瀬直筆の赤字が入った校正刷りが入っていた。

「一応、確認させてもらうぞ」

返事がないので勝手にローテーブル横の丸椅子に座らせてもらい、俺は校正刷りをざっと流し見して全体の修正量と時間を推し量った。

「……ギリギリだなぁ」

書店に配本されて店頭に並ぶまでのスケジュールを頭に描き、俺はため息を吐いた。

ちなみに七瀬が書いたこの原稿だが、その内容は例の片輪車の事件を元にして書いた作品だ。

――あの長かった夜の後。

七瀬は東京に帰ってきたその日から、何かに取り憑《つ》かれたように原稿を書き出した。もともと箍《たが》の外れた奴だがいよいよもって頭のネジも外れたのかと心配するも、数日経ってから俺のアドレスに送られてきたのが今まさに完成直前の、あの集落での事件をもとにした作品の企画書とプロットだったわけだ。

確かに七瀬はあの集落が秘密にしてきた因習と神事を、小説にして「白日の下に曝してしまった方がいい」と鳥元姉妹に語っていた。

でもそれは七瀬が勝手に言っていただけで、編集である俺が了承した話じゃない。仮に俺が認めていたとしても、企画から出版にいたる過程においては編集会議でのGOサインが必要であり、俺一人の判断ではどうにもならないのだ。

だから企画を送ってきた後、七瀬がいきなり原稿を書き出したのはただの先走りなのだが、一度約束めいたことを言ったからには七瀬は引き下がらないだろう。

なのでやむなく送られてきた企画書の体裁を整えて編集会議に提出したのだが、これが一発OKときたもんだ。おまけにタイミングがいいのか悪いのか、直近での出版枠にも急な空きができてしまい、既に七瀬は勝手に執筆を始めていると編集長に伝えたら、あれよあれよとそのまま発売日までも決まってしまった。

普通であれば企画が通ってからどんなに早くても半年はかかる出版スケジュールだが、何をどう間違ったのか、こうして春が本格化する前に早くも出版秒読み段階にまで漕《こ》ぎ着けていた。

七瀬がキーボードを叩く音がぴたりと止まる。

「……今、あとがきを送ったから、あとでメール確認しておいてちょうだい」

七瀬の長いため息が自身の頬にかかった髪を揺らし、回した首がごきごき音を立てた。

「はいよ、おつかれ」

七瀬を労いつつも、出版する上でとても大事なことがまだ一つ決まっていなかったことを俺は思い出した。

「そうだ、あとがきもいいが保留にしていたタイトルの方は決めてくれたか？」

「あぁ……そういえば、確かにそんなものもあったわね」

一段落といわんばかりにリビング内のキッチンでコーヒーを淹《い》れていた七瀬が、俺の方を見向きもせずに答えた。

「おいおい、頼むぜ。ホームページの刊行予定には仮のタイトルでアップしたが、そろそろ差し込みチラシのデータを印刷会社に納める時期なんだよ。今日がタイトル決めの締め切りだって前に言っておいただろ」

「うるさいわねぇ、その程度のことで。今すぐ考えるわよ」

と、心底から面倒臭そうにぼやいた、その三秒後。

七瀬は手にしたペンでさらりと書いた、メモ代わりのキッチンペーパーを俺に差し出してきた。

「はい、これで決まりね」

キッチンペーパーに書かれた正気とは思えないタイトルを目にし、俺は眉を顰《ひそ》める。

「おまえ……本気か、これ」

「あら、私はいつだって本気よ」

「……あぁ、そうだな、おまえは確かにそういう女だよ。だからたまには少しぐらい自重して、いつもキリキリする俺の胃を休ませてくれ」

　そう文句を言ったものの、驚くほどのスピード出版となったこともあってとにかく今回は時間がない。著者がこのタイトルでいいと言っているんだから、もうこれでいいことにしちまおう、というのが俺の本音だった。

　実際のところ――俺が指摘して、いろいろと虚実入り混じった形に仕上げさせた本作だが、はたして読んだ読者はこれをどこまで本当のことと捉えるか。

　そこはまあ、読み手の裁量に任せることにしましょうかね。

「それじゃこれで通すが、新刊のタイトルは本当に――『ホラー作家八街七瀬の、伝奇小説事件簿』でいいんだな？」

　七瀬が無言のまま、ここぞとばかりにニヤリと笑う。

　俺は手で額を押さえながらこめかみを揉み、勘弁してくれと言わんばかりにこれみよがしのため息を吐いてやった。

あとがき

この作品はフィクションです。登場する人物、団体、地名等は実在のものとはいっさい関わりがありません——と、形だけでもいいから書いておけと口やかましい担当編集者のYが言い続けるので、一応そういうことにしておきます。

繰り返して言いますが、本作はとりあえずフィクションです。

初めまして、もしくはお久しぶりです。八街七瀬です。

本作は取材した実話怪異譚と、それに纏わる怪奇な話で構成された長編小説となります。初の試みでしたがいかがだったでしょうか。僅かな時間なれど退屈な日常を忘れ、いっとき伝奇の世界を楽しんでいただけたのであれば、作者としてこの上ない喜びです。

本作を上梓《じょうし》するにあたっては、本当に多くの方々にお世話になりました。

つきましては長くなりますが、以下に謝辞を述べさせていただきます。

まずは御一津神社の宮司さんと、三上病院の院長先生。お二人には極めてお世話になりました。いつかこのお返しをしない限りは私の気が済みませんが、お二人はその後も行方不明のままだと聞いております。病院の運営資金が焦げついていたそうで、それによる蒸発というのが警察の見解だそうですが、事実を知る私としてはヘソで茶が沸きそうなお話です。二度とないとは思いますが、もしもまたお会いする機会があれば、そのときは是非とも橋の上で遭遇したモノの取材をさせてください。

それと氏子衆と呼ばれておりました集落の皆様方にも、非常にお世話になりました。氏子衆の皆様においては、本作を目にしてさぞ腰を抜かしていることと思います。天網《てんもう》恢々《かいかい》疎にして漏らさず。宮司たちがいない今となってはそんな度胸もないでしょうが、これからは現代に見合った神事をすべきことと思います。それと過去のことを後悔する気持ちがあるのなら、あの穴の中の骸《むくろ》を弔うことを個人的にお勧めしておきます。

それから今回の企画の元となった怪異譚を語ってくれた鳥元茜音さんと、そのお姉さんである深緋さん。お二人にも大変感謝しています。あんな騒ぎのあとでもあの集落に住み続けることにしたと聞いたときは驚きましたが、こうして本作が無事に出版まで漕ぎ着けたからにはもう大丈夫でしょう。何かあったときは、この本を持って警察に駆け込み、あの病院の地下室を調べてもらうといいと思います。呉越同舟になろうとも、一《いち》蓮托生《れんたくしょう》。鳥元家がこれからも安寧に生活できることを私は祈ります。

何より渦中の存在であった樋代美希さん。無事であったからこそ、終わってみれば今回のことはあなたにとっていい経験だったのではないでしょうか。さすがにあんな経験をさせられた集落で暮らすのは無理でしょうが、それでも一生の友人ができたのではないかと私は思います。今自分の隣にいる人を大切にする、それはどれだけSNSが発達しようとも大事なことなのだと、あえて苦言を呈しておきます。

そして本作の取材から付き添ってくれた私の担当編集者であるY。あんたは本当に鈍感で無神経で無頓着で、私を苛立たせる天才です。というか私がどうしてこんな性格に変わってしまい、なんでもできるような人間になったのか、その理由を忘れているとか本気でバカじゃないの？　いざとなるとヘタれる根性なしのあなたはもう一度、高校三年の卒業式の日に自分が何を言ったのか思い出してください。それでちゃんと思い出したら、そのときは早々に責任をとってください。待ってます。

それでは最後に、本作を手にとってくれた全ての方々に心からの感謝を込めまして。

八街七瀬

主な参考文献

『画図百鬼夜行全画集』鳥山石燕（角川ソフィア文庫）
『妖怪事典』村上健司（毎日新聞社）
『定本　柳田國男集』柳田國男（筑摩書房）
『近江の曳山祭』木村至宏編（サンブライト出版）
『異人論——民俗社会の心性』小松和彦（ちくま学芸文庫）
『怪異学の可能性』東アジア恠異学会（角川書店）
『妖怪文化の伝統と創造——絵巻・草紙からマンガ・ラノベまで』小松和彦編（せりか書房）

本書は、集英社文庫のために書き下ろされた作品です。

竹林七草の本

お迎えに上がりました。
国土交通省国土政策局
幽冥推進課

入社式の当日に会社が倒産、路頭に迷った朝霧夕霞。国土交通省の臨時職員募集の貼り紙を見つけ、藁にもすがる気持ちで応募するが、そこは「地縛霊」の立ち退きを担当する部署で!?

集英社文庫

集英社文庫　目録（日本文学）

高梨愉人　二度目の過去は君のいない未来
高野秀行　幻獣ムベンベを追え
高野秀行　巨流アマゾンを遡《さかのぼ》れ
高野秀行　ワセダ三畳青春記
高野秀行　怪しいシンドバッド
高野秀行　異国トーキョー漂流記
高野秀行　ミャンマーの柳生一族
高野秀行　アヘン王国潜入記
高野秀行　怪魚ウモッカ格闘記 インドへの道
高野秀行　神に頼って走れ！ 自転車爆走日本南下旅日記
高野秀行　アジア新聞屋台村
高野秀行　腰痛探検家
高野秀行　辺境中毒！
高野秀行　世にも奇妙なマラソン大会
高野秀行　またやぶけの夕焼け
高野秀行　未来国家ブータン
高野秀行　謎の独立国家ソマリランド そして海賊国家プントランドと戦国南部ソマリア
高野秀行　恋するソマリア
高野秀行・清水克行　世界の辺境とハードボイルド室町時代
高野秀行・清水克行　辺境の怪書、歴史の驚書、ハードボイルド読書合戦
高橋一清　編集者魂 私の出会った芥川賞・直木賞作家たち
高橋克彦　完四郎広目手控
高橋克彦　天狗殺し 完四郎広目手控Ⅱ
高橋克彦　いじん幽霊 完四郎広目手控Ⅲ
高橋克彦　文明怪化 完四郎広目手控Ⅳ
高橋克彦　不惑剣 完四郎広目手控Ⅴ
高橋源一郎　ミヤザワケンジ・グレーテストヒッツ
高橋源一郎　競馬漂流記 では、また、世界のどこかの観客席で
高橋源一郎　銀河鉄道の彼方に
高橋千劔破　江戸の旅人 大名から逃亡者まで30人の旅
高橋三千綱　和三郎江戸修行　脱藩
高橋三千綱　和三郎江戸修行　開眼
高橋三千綱　和三郎江戸修行　愛憐
高橋三千綱　和三郎江戸修行　激烈
髙橋安幸　根本陸夫伝 プロ野球のすべてを知っていた男
高見澤たか子　「終の住みか」のつくり方
高村光太郎　レモン哀歌―高村光太郎詩集
瀧羽麻子　ハローサヨコ、きみの技術に敬服するよ
瀧本哲史　読書は格闘技
竹内真　粗《そ》忽《こっ》拳《けん》銃《じゅう》
竹内真　カレーライフ
武内涼　はぐれ馬借
武内涼　はぐれ馬借疾風の土佐
武田晴人　談合の経済学
竹田真砂子　牛《うし》込《ごめ》御《ご》門《もん》余《よ》時《じ》
竹田真砂子　あとより恋の責めくれば 御家人大田南畝
竹田津実　獣医師の森への訪問者たち
竹林七草　お迎えに上がりました。 国土交通省国土政策局幽冥推進課

集英社文庫　目録（日本文学）

竹林七草　お迎えに上がりました。 国土交通省国土政策局幽冥推進課2
竹林七草　お迎えに上がりました。 国土交通省国土政策局幽冥推進課3
竹林七草　お迎えに上がりました。 国土交通省国土政策局幽冥推進課4
竹林七草　お迎えに上がりました。 国土交通省国土政策局幽冥推進課5
竹林七草　ホラー作家八街七瀬の、伝奇小説事件簿
嶽本野ばら　エミリー
嶽本野ばら　十四歳の遠距離恋愛
太宰治　人間失格
太宰治　走れメロス
太宰治　斜陽
田崎健太　真説・長州力 1951-2018
田崎健太　真説・佐山サトル タイガーマスクと呼ばれた男
田尻賢誉　木内語録 甲子園三度優勝の極意
多田富雄 柳澤桂子　露の身ながら 往復書簡 いのちへの対話
多田富雄　寡黙なる巨人
多田富雄　春楡の木陰で

多田容子　柳生平定記
多田容子　諸刃の燕
橘玲　不愉快なことには理由がある
橘玲　バカが多いのには理由がある
橘玲　「リベラル」がうさんくさいのには理由がある
橘玲　文庫改訂版 事実VS本能 目を背けたいファクトにも理由がある
田中慎弥　共喰い
田中慎弥　田中慎弥の掌劇場
田中啓文　ハナシがちがう！ 笑酔亭梅寿謎解噺
田中啓文　ハナシにならん！ 笑酔亭梅寿謎解噺2
田中啓文　ハナシがはずむ！ 笑酔亭梅寿謎解噺3
田中啓文　ハナシがうごく！ 笑酔亭梅寿謎解噺4
田中啓文　茶坊主漫遊記
田中啓文　鍋奉行犯科帳
田中啓文　鍋奉行犯科帳 道頓堀の大ダコ
田中啓文　ハナシはつきぬ！ 笑酔亭梅寿謎解噺5

田中啓文　鍋奉行犯科帳 浪花《なにわ》の太公望《たいこうぼう》
田中啓文　鍋奉行犯科帳 京へ上った鍋奉行
田中啓文　鍋奉行犯科帳 お奉行様の土俵入り
田中啓文　鍋奉行犯科帳 お奉行様のフカ退治
田中啓文　鍋奉行犯科帳 猫と忍者と太閤さん
田中啓文　風雲大坂城
田中啓文　浮世奉行と三悪人
田中啓文　俳諧でぼろ儲け 浮世奉行と三悪人
田中啓文　鴻池の猫合わせ 浮世奉行と三悪人
田中啓文　えびかに合戦 浮世奉行と三悪人
田中啓文　ジョン万次郎の失くしもの 浮世奉行と三悪人
田中啓文　大塩平八郎の逆襲 浮世奉行と三悪人
田中啓文　さもしい浪人が行く 元禄八犬伝 一
田中啓文　天下の豪商と天下のワル 元禄八犬伝 二
田中優子　世渡り万《よろず》の智慧袋 江戸のビジネス書が教える仕事の基本
田辺聖子　花衣ぬぐやまつわる…(上)(下)

集英社文庫　目録（日本文学）

集英社文庫 目録（日本文学）

集英社文庫

ホラー作家《さっか》八街《やちまた》七瀬《ななせ》の、伝奇《でんき》小説《しょうせつ》事件簿《じけんぼ》

2021年6月25日　第1刷　　　定価はカバーに表示してあります。

著　者　竹林《たけばやし》七草《ななくさ》

発行者　徳永　真

発行所　株式会社　集英社

東京都千代田区一ツ橋2-5-10　〒101-8050

電話　【編集部】03-3230-6095

【読者係】03-3230-6080

【販売部】03-3230-6393（書店専用）

印　刷　大日本印刷株式会社

製　本　ナショナル製本協同組合

フォーマットデザイン　アリヤマデザインストア　　マークデザイン　居山浩二

ISBN978-4-08-744268-7 C0193